文
景

Horizon

社科新知 文艺新潮

只要
不忘就好

韩良忆　著

侯约柏（Job Honig）
韩良忆　摄影

上海人民出版社

辑一 留不住光阴，索性把季节吃下去

辑二　在世界的角落，遇见世界

推荐序

我的妹妹韩良忆

我妹妹韩良忆小我四岁多，这个年龄差距如今看来几乎没多少差别，但在童年时代或青少年期却差距很大，也因此造成我对她的一些大大小小的影响。

说来很少人知道，良忆念北投中山小学（早已改名为逸仙小学），一直念到小学三年级都没学籍，因为她的身份是寄读生。为什么她会寄读呢？这要怪我，也同样念中山小学的我，在上三年级前就一直拐骗良忆跟我一起上学好作伴。我们的父母向来好说话，不知怎地就应允了我们的吵闹请求，跟学校谈了个寄读条件，当时北投还属阳明山管理局管辖，可能比台北市教育单位好说话，良忆就去念了。

照理说寄读一年后第二年要重读，偏偏良忆天资过人，一直考前三名，老师想想这位学生功课这么好，怎么好请她重念一年，于是一年又一年地升上去，一直到三年级时才发现大事不妙，最后还是在多方请托下才让她不必回小一重读（天哪），有惊无险地从三年级起注册拿到了学籍（也因此良忆一直比同班同学小一岁半到两岁）。

良忆从小就很会念书，学校功课没看她用功，因为跟着我这个爱玩的姊姊，是不可能有太多时间读书的。我从小就是孩子王，尤其会号召弟弟妹妹做随从，顺便帮我打零工。我从小学起就会带着弟弟妹妹出门吃喝，零用钱虽然是父母给的，但我一路管付账，因此这种我付账的习惯到弟弟妹妹三四十岁时还改不过来，当大姊大的人总得付出代价的。

此外，我自小学起就会做点小生意，像去柑仔店批发签牌给盖房子的工人抽，或卖门票在家开表演会，我当主持人，妹妹弟弟唱歌跳舞，吃的东西都由爸妈的冰箱提供。良忆就这样一路被我指派干活，小学时负责唱歌跳舞，升上北投国中后，妈妈从学校老师那得知良忆竟然是北投国中有智力测验以来智商最高的人，从那时起我就视她为小天才。既然如此，我就起了栽培之心，但我竟然没想到要培养她做大科学家，反而从国中起就拿一大堆课外的文艺书籍蛊惑她的心灵，而在她国三那年，经常在台北汉口街台映办艺术电影试片的我，几乎每场都带良忆去，也让良忆成了当年台湾最幼齿的艺术电影影痴（我到底做对还是做错？）。

不太用功的良忆，只上了中山女中，也是我的母校，可惜了她。但当年我上中山时，同班同学都说“老天没眼，才会让每天都在玩的韩良露考上二女中”。良忆曾告诉我，她一进中山就被教官警告，事出有因不怪她，“你姊姊当初在学校发台湾政论的传单，你千万不准学她。”奇怪的是，教官却从未找我麻烦，大概因为我只念了一年就转学了，让他来不及管束我。

良忆说她在成年之前，多多少少在韩良露巨大的身影下过活，姊姊交游太广阔，文艺圈的人看到她都会说她是韩良露的妹妹；偏偏她和姊姊兴趣太相似，都喜欢文学、电影、音乐，也都专长于旅行、美食、烹调。

有许多读者或社会大众分不太清楚韩良忆和韩良露的差别，但我们还是有分别的。像良忆一直比姊姊守分。例如良忆不逃学，功课一直比姊姊好（良忆随随便便就考上了当年的第一志愿台大外文系），男朋友交得比较少，大学毕业后一直在做固定的编译、记者工作，长达十余年，良露却从来没上过固定的班；良忆比较像女生，会擦保养品、化妆、涂脚指甲油之类的，朋友也以女性为主，良露交的朋友却大多是男生或中性化的女生。

良忆是双鱼座，月亮在白羊座，良露是天蝎座，月亮在双鱼座，了解占星学的人才知道，良忆是外柔内刚，良露却是外强内软；良露是大姊，一直顶着家，良忆是小妹，比较可以自在过日子。良忆本质上是过安分日子的人，翻译、写作、烹调、旅行，也嫁夫随夫住在荷兰，但做姊姊的我，有时就不免感慨起来，这个我从小到处推销的小天才，是否已充分发挥了她的才华与潜能呢？虽然今日我还是常常内举不避亲地告诉他人，良忆的电影书籍及美食书籍及文学书籍的译笔多好（但台湾有多少人重视翻译呢？），良忆的菜也做得很好，良忆的旅行及美食文章也越写越好，难道这样的她还不够完成自我吗？

很少有姊姊会对自己的妹妹期望如此深切，这不知是良忆的幸还是不幸。随着我们年岁渐长，如今我对她最大的盼望却是希望她过得好，还有最重要的一点，如果她这一生有任何的难关，我想她会知道，她至少有个姊姊会帮她顶一下。

韩良露

自序

只要不忘就好

整理旧物，翻出一张照片，是我和张国荣的合影，不知何时塞进这一堆不相干的文件中。年轻时在台湾跑过影剧新闻，前后两家媒体、两段记者生涯，加起来五年吧，像小粉丝一样与明星合照，却只有三四次，这是其中一次。

照片上的我大学刚毕业，在一家类八卦周刊的杂志工作不久；坐在身旁的张国荣，尚未演出《胭脂扣》中的十二少，还不是名叫旭仔的“阿飞”，更非后来《春光乍泄》中那放浪任性到令人心疼的何宝荣，但在香港已是影歌双栖的大明星，那一回来台湾，是为了宣传他第一或第二张国语唱片。

记得是在希尔顿大饭店做的专访，我跟着大家叫张国荣Leslie。他更为人所知的昵称“哥哥”，是后来的事。那一年我才二十一岁，很嫩，不是好记者，不会访谈，更不擅于挖掘就算不耸动但在上司心目中还算有“可读性”的题材。

我唯一拥有的，是初生之犊的莽撞和胆量，坐在大明星对面，并不怯场。两人先是嘻嘻哈哈，互相恭维对方当天的穿着，而后不知怎的，谈起彼此都看过的小说、电影与听过的音乐，发觉他在某种程度上有“文青”气质，和我截至那时采访过的其他艺人多少有些不同，然而这个发现以及访谈的内容，对写“娱乐新闻”，却一点帮助也没有。

也许是聊得很愉快，更可能是张国荣做人面面俱到，访问完拍完照，该收工走人时，他说：“你别走，等一下一起去吃宵夜。”原来唱片公司已替他约好几位日报记者，待报社截稿后要在中山医院附近一家台菜餐厅聚会，吃清粥小菜。

我把摘记访谈内容的笔记本收进包包里，两人倚在沙发座上，又聊了起来。这一回他讲了儿时和帮佣“六姊”相处的点滴和两人的感情，也谈到他少年时期在英国读书的往事。原来Leslie虽是家中么子，从小却并未和父母住在一起，而由贴身佣人带大，十几岁更是离开香港，被送去英国。孤单是他并不喜爱但不得不习惯的滋味。

他点了啤酒，一边喝一边轻声说起往事，语气淡淡的，似云淡风轻，却隐约有点苦涩。我听着听着，竟开始觉得，可以和这样一个敏感聪慧又细心的人成为“手帕交”。就是在这时，唱片公司的宣传带着傻瓜相机走过来，拍下我和大明星这张神态放松的合影。

眼下，当时留影的地方还有Leslie都不在了，画面上那大胆而轻狂的女孩也早已步入哀乐中年，还在自己都不敢相信的情况下，成了所谓的饮食旅游作家。一切俱往矣，只留下这张照片，在多年后唤醒尘封的回忆。

好在还有这张照片。

我一直相信，人的意识深处埋着太多往事，有些藏得太深了，似已湮灭，需要有“密码”才能启动。这个密码可能是一首歌、一个画面或一张照片、一种气味，或是一种味道。我也始终庆幸自己拥有不同的记忆密码，不论是哪种密码，统统具有召唤往事的力量，一旦

输进脑海中的记忆库，过去种种便会一件件回到眼前。

我想起来的一些人一些事，通常不是英雄美人，也无关于丰功伟迹，往往只是日常生活中零星的片段、幽渺的时刻，然而当我回首前尘，却发觉这些人这些事，都在我生命中画下了或斑驳或清晰的痕迹，留下了一点温度，于是忍不住拾起笔来，爬梳为文。

虽说世间一切，如梦幻泡影，如露如电，都会过去。但说到底，人也好，事也罢，只要不忘就好。

辑一

留不住光阴

索性
把季节吃下去

所谓饮食作家的前世

一九九二年秋天一个有风的傍晚，有个失意的人半梦半醒地躺在离地面约二十公分的床垫上，一只小老鼠旁若无人地爬上她散落在枕上的发丝，人鼠之间的距离不到两公分，此人倏地弹起，尖叫出声，声音之凄厉，把老鼠也吓得吱吱叫着往墙边一蹿，转瞬不见踪影。人鼠双方在几近魂飞魄散之余，谁也没料到，就在那一刹那，这个人的人生从此转了弯。若干年后，她竟然成了所谓的饮食作家——尽管在那以前，她尚需历经一段类似狗仔队的生涯。

那个人当然就是我。

还记得当时我一个箭步冲到浴室，狠命搓洗我那一头被鼠爪沾污的及腰长发，边洗边认真考虑要不要干脆找家发廊把头发剪掉算了。在用掉快半罐洗发精后，我头上包着浴巾，坐在小客厅里，终于下定决心，剪发非解决困境之道，釜底抽薪之计是搬家。

就在那只小老鼠闯进卧室的几个月以前，我和大学时代开始交往的男友因第三者的介入而分手。他把私人物品统统搬走后，我一方面耽溺在自哀自怜当中，一方面也一直在考虑着要不要搬离租处，那儿有太多感伤的回忆了。

然而我从小便是个意志不坚、欠缺行动力的“竖仔”，始终拿不定主意，就这样犹豫不决，一天拖过一天，直到那一晚，那只鬼使神差的老鼠当头棒喝，猛然吓醒了我：再不割除惰性，再这样浑浑噩噩过日子，我就完蛋了。正好亲戚有间小公寓空着，看我一副可怜相，就便宜租给我。过了数日，我搬进台北东区边缘的大楼住宅。

新家并不大，家具设施却齐全，尤其是开放式厨房完全可用“麻雀虽小、五脏俱全”来形容，流理台、瓦斯炉、冰箱这些基本设备就不必说了，甚至连一般家庭没有的烤箱也有，还是那种安在炉台下的欧美式大烤箱。不过，我因为情伤仍未平复，无心下厨，小厨房就被我晾在那儿，充其量拿来做做简单的早餐或下碗面。直到有天夜里，我辗转反侧到自己都受不了，索性起床泡茶吃点心，偏偏饼干受潮，没法吃，我呢，横竖睡不着，就参考食谱书，利用手边现成的材料，烤出了一大盘甜饼。

这一烤，烤出了兴趣，只因为烹饪是多么令人惊喜的一件事，你只要有一点面粉、油、糖和两颗鸡蛋，按部就班地操作，就可以像施展魔法般变出香喷喷的饼干。烹饪又是多么叫人安心的一件事，一条鱼永远是一条鱼，不论红烧、清蒸或干煎，它绝对不会变成炒青菜或麻婆豆腐，我这个烹鱼的人唯一能做的，就是全神贯注地用心烧好这一盘鱼，而在这洗切炒煮的过程中，心底种种的纠结似也慢慢地打开了，那或是烹饪这件事对我最好的回报；曾经惶恐又失意的我，总算在厨房里找到我的“小确幸”。我从此乐在下厨，也在无心插柳的情况下，为后来的食物书写奠定了基础。

精神既已振作，我决定为改变人生跨出下一步。说来也巧，任职的《联合晚报》当时恰好有个采访记者缺，我提出申请，就这样从内勤的编译，摇身一变为成天得跑来跑去的影剧记者。由于专长是英语，又爱听音乐，爱看电影，就主跑外语音乐、外语电影线，兼及表演艺术。

算我运气好，跑线不久就碰到大新闻，迈克尔·杰克逊将在一九九三年九月来台演出，当时这位“流行乐之王”疑似恋童的新闻尚未爆发，声势如日中天，他的来台肯定是各报互相较劲的大事。主管一声令下，“天王”人还没来台北，我就一连写了六篇连载稿，概述其人截至当时的星海生涯。后来迈克尔·杰克逊猝逝，我那六篇稿子被编辑从档案中翻出，登上电子报，我一看简直要脸红，哪里是“本报记者韩良忆特稿”，根本就是英翻中资料整理。

过了三个月左右，天王来了，他的好友“玉婆”伊丽莎白·泰勒也带着当时的丈夫同行，各报纷纷派员进

驻他们下榻的五星级饭店，其中包括“联晚”，只不过“大报”都是好几位记者团体作战，晚报人力有限，就我这个菜鸟记者作先锋。我拎着几件换洗衣服住进了豪华大饭店，开始打起生平第一场真正的新闻战。因为人单力薄，迫不得已只能另辟蹊径，专去别的记者不去的地方打探消息。

有天傍晚，大伙儿全挤在饭店大门口、车道出口等候天王出饭店，我想他既要出门总得乘车吧，就一个人逛到地下停车场，那儿倒没什么人，只有同报系一位支持的记者、零星歌迷和饭店员工。我刚站定，还在东张西望时，电梯门开了，戴着墨镜、一身军服式标准打扮的天王走出来，视线似乎正朝我投来，我情急之下，开口便用英语简直是蠢呆地说：“愿上帝保佑你，杰克逊先生。”他转过头来看着两米以外的我，说：“哦，谢谢你。”我赶紧又补上：“欢迎你来台北，你觉得这里还好吗？”天王微笑着说：“I love it here, Taipei.”（台北，我很喜欢——多么制式的回答！）说完就被保镖簇拥着坐上车。

短短几句对话被我写成新闻，成了第二天晚报的小

“独家”，文中却未提到我从头到尾都一副路人模样，完全未对他表明我的记者身份，而今回头一瞧，如此行径和今日的狗仔队其实相去不远。

像狗仔也好，还算不上狗仔也罢，总之我在报社站稳了脚跟，煞有介事地当起影剧记者。当时大陆市场尚未崛起，台湾消费能力高，对国际娱乐企业而言算得上亚洲重要市场，因而我在短短不到四年的记者生涯中，有机会在岛内或海外近距离接触、专访过不少外国大牌演艺人员，印象较深的有日本的宫崎骏、英国的史汀和埃玛·汤普森、美国R.E.M.合唱团、爵士乐手温顿·马沙利斯、奥立佛·斯通、丹泽尔·华盛顿、沃伦·比堤、基努·里维斯和后来当上加州州长的阿诺·施瓦辛格等，真的是族繁不及备载。

而同我“距离”最近的，还是迈克尔·杰克逊，那距离甚且是零。

一九九六年十月，杰克逊二度来台演唱，尽管当时他已备受丑闻困扰，但台湾歌迷依然热爱这位天王，演唱会又是大轰动，更南下高雄演出，台北的影剧记者自然也紧追不舍，随之前进南台湾。这一回还多了不少电子媒体，因为就在天王两次来台间，台湾有线电视渐成气候，成立了娱乐综艺频道，出现了像“娱乐新闻”这样的节目。

到了高雄后某一天，唱片公司透露天王下午可能到某卖场购物，众家平面和电子媒体记者闻风纷纷前往，进入卖场的战斗位置。我呢，没事人一样，溜达到卖场后方个人清洁用品区，磨磨蹭蹭，打算买罐洗发精，南下前打包行李时忘了带，而高雄好热，晚上采访完不洗头怎么行？洗头是多么重要的一件事！

每一牌子的洗发精我都拿起来检查看看，好不容易挑中一罐，才施施然走向收银台。咦，怎么整个卖场静悄悄，方才闹哄哄各就各位的记者那会儿全在外头隔着玻璃窗向内张望。我往大门口一瞧，走进来的不正是戴着帽子和口罩的迈克尔·杰克逊嘛，他的后方1米处有位高大光头的保镖，亦步亦趋，四下打量。我顿时明白，这里清过场，记者全被请出门外，就剩下我这个手拎着洗发精的漏网之鱼。

保镖守在近门口处，继续警戒。我将错就错，做出一副逛大街的模样，东摸摸西摸摸，在卖场里晃荡，逐渐朝天王方前进。迈克尔·杰克逊买了一些光盘之类的物品后，走到钟表柜前，离我只有三五米，而保镖仍在门边。迈克尔开口向店员说了什么，很小声，听不懂英语的售货小姐一脸紧张的表情。

机不可失，我简直是冲了过去，与他并肩而立，说："可以的话，我来翻译吧。"他看了我一眼，和善的眼神似乎有点困惑，但仍缓缓地说："请问这里有没有荧光的G-Shock？我想看看。"透过口罩传来的声音细细尖尖，有点有气无力。

我照本宣科翻译完毕，售货员拿出一只表，迈克尔接过去握在手中端详，我一看机会又来了，一面伸手半遮表面挡光，一面说："你看，亮亮的，有荧光。"我的手盖在迈克尔露在衣袖外的手上，那里的皮肤白皙得近乎透明。此举大约是压垮骆驼的最后一根稻草，天王轻轻说了声谢谢，便转身离去，走出卖场。在十几年后，迈克尔·杰克逊遽然离世后，那如同被风卷起般飘走的背影是那么的不真实，却又犹在眼前。

这条新闻我发了，却是轻描淡写，并未按当时两大影剧报的作风，炒作成"独家贴身采访"，倒不是我变得比较不狗仔了，而是对工作已生倦意，觉得影剧记者生涯原是梦，这些消费明星名流的花絮、八卦，除了茶余饭后可以闲嗑牙，对我、对别人有什么意义呢？那一回与天王的零距离接触，与其说是善尽记者职责，不如说是自觉地在演一场戏，窗外众目睽睽，我至少该扮出认真采访的样子吧。

而就在天王将再度来台前不久，想来是因为我不务正业，到当时开播不久的台北爱乐电台采访时，大半时间在大聊特聊在家听古典乐做菜的心得，意外博得青睐，应邀主持起一个名叫“罗西尼的台湾厨房”的节目，每周末晚上在电台播音乐讲美食，偷渡我对吃东西这件日常生活要事的想法和态度，为我日后成为所谓的饮食作家埋下伏笔。

迈克尔离开台湾的三个多月后，我辞去报社的工作，结束并不辉煌的类狗仔记者生涯，旋即在《中国时报·娱乐周报》版撰写与电台节目同步同名的专栏。虽说在那以前的一年多期间，我已陆续发表过几篇食物散文，这个固定的专栏却更大力地推了我一把，让我正式踏进彼时尚有点冷清的饮食写作江湖，也促成我日后出版《罗西尼的音乐厨房》这本食书。至于这片江湖后来竟会发展成当今这般百家争鸣、各显神通的盛况，当然是我始料未及的事。

到底不是海明威

我一向自以为是还算随遇而安的写作人，尤其是截稿在届时，在自己的书房也好，别人家的餐桌前也罢，甚至是长途车船飞机上，只要给我一小方桌面，加上一叠纸，两支流利的原子笔，我大概就能写点什么出来——直到我进了咖啡馆。

这事说来和海明威有关系。在《流动的盛宴》一开头，暮年的海明威写到在巴黎咖啡馆写作的往事，年轻的他在那儿看看邻座美丽的女子，喝喝酒，写写小说，一切都那么自然。而他的文字又那么行云流水，叫我看了心生向往，决定效法大师，走到一家窗明几净的咖啡馆，写东西去。

坐定下来，不急着提笔，总得先点杯饮料，消费一下，不然店家怎么生存？喝咖啡吧，可浓缩咖啡、拿铁、卡布奇诺，哪种比较好喝？或者学学海明威，来杯兰姆酒？还是叫壶热茶，有奶茶、柠檬红茶、伯爵茶、甘菊茶……

好不容易决定好要喝的饮料，还有要吃的点心。我从包包里拿出纸笔，摊在桌上，该动笔了，耳朵和眼睛这时却忙了起来。

左邻两个丽人在八卦办公室斗争，虽然不干我的事，但是她们谈话的内容实在血腥劲爆，太离奇了，让我不得不听个分明。右前方有个中年男人和一个少妇分坐两桌，先是眉来眼去，继而坐在一起，交头接耳后相偕离去，会不会是援交啊？

“好了，别管闲事。”我对自己说，强迫自己把注意力集中在桌上的稿纸上。正预备拾笔，咖啡馆的音乐却从哼哼唧唧、尚可充耳不闻的情歌，换成连说带唱的

嘻哈乐。好不容易想出来的几个句子，这下子被连声的嘿嘿哟哟给赶跑，怎么也唤不回。

索性将纸笔收回包包，啜饮女侍刚送来的卡布奇诺，小鸟一样地啄了一口巧克力布朗尼，嗯，蛮好吃的。我就这样，一边咀嚼着布朗尼，一边取来书报架上的周刊，看看这世界又发生了什么无聊的大事或重要的小事。

文豪在咖啡馆里写小说，而我到底不是海明威，咖啡喝了，人看了，话也偷听了，却一个字也没写出来。咖啡馆哪里是写作的好地方唷？

居游，上了瘾

刚搬来荷兰时，压根儿没想到世上还有“居游”这回事，更没料到自头一回尝试居游以后，从此上了瘾。这些年来，我和丈夫在欧洲各地游逛，除非仅是出门度个周末停留一晚，否则宁舍方便省事的旅馆不住，只想在异乡的大城小镇或村庄，半居半游。到目前为止，凡是我居游过的所在，不管是巴黎、威尼斯或伦敦这样热闹的都市，还是托斯卡纳、普罗旺斯某个名不见经传的小村，当我思及这些地方时，就会浮现一种莫名的归属感，觉得自己的人生仿佛有某个部分留在那里，而那里也有某个部分跟着我，回到我定居的城市。

首先得声明，“居游”在欧美已行之多年，并不是我的创意。不过这名词倒是我写作第一本居游书《我在法国西南有间小屋》时想出来的，一来是为了精简说明当时大多数台湾人仍觉陌生的旅游方式，二来是想借此与传统的“定点游”作个区别。而今回过头看，仍庆幸自己偶尔还算灵光，能想出这一个简明好记的说法。

而“居游”，到底是怎么一回事？且让我在这里以四个“W”和一个“H”简单介绍一下。

WHAT——居游是什么玩意儿？

所谓的居游和定点游最根本的差异在于，不下榻旅馆，甚至不待在提供房间和早餐的民宿。简单讲，居游就是在一个你喜欢或向往的地方，租一间房子住下来，短则住上五六天或一星期，多则个把月，那房子可能是乡间的花园别墅，也可能是闹市里一间小小的公寓，总之在居游的期间，那里除了是旅游基地，也是旅人在异地的“家”。

WHO——谁适合居游?

你向往云游四海，却又眷恋家的感觉，渴望在异国暂时拥有属于自己的屋子，让你在玩倦了、逛累了的时候，能坐在窗台边或院子里发发呆，让自己整个儿放空?

你厌倦走马看花，想试试定点旅游，可是一想到天天住旅馆，天天都得面对同一个狭小的房间，就觉得简直快透不过气，巴不得有个客厅或书房，让你能坐在安乐椅上，就着晕黄的灯光，啜着一杯自己泡的浓茶或咖啡，读上几页闲书?

你一直盼望到异乡居住一小段时间，体会不同的生活情调，让这段经验刻入你的心版，成为你生命的一部分，可是客观环境实在不容你放下学业、工作、家庭，你只能把这心愿当成遥不可及的梦，不知何年何月才能圆梦?

你喜好美食又酷爱烹调，每到异国旅游，在市场上看见向往已久的食材，都好想亲自动手做做看，可是人在他乡，到哪儿去找个可以让你大显身手的厨房呢?

如果以上任何一段叙述切合你的心境或情况，那么相信我，你该试试居游。

WHY——为什么要居游？

居游比定点游给旅人更多的自由，让旅人可以更自在地安排旅次时光，偶尔哪儿都不去，就到“家”附近的小店、菜场，买点儿当地才有的农产，回“家”简单烧顿对味的晚餐，饭后上街角的咖啡馆坐坐，或学当地人，到广场散步、看人。

当然也可以以“家”为核心，辐射状地探索四面八方的自然风土、人文名胜，如此既是漫游，也可以慢游。更奇妙的是，那种有个“家”的感觉，甚至会让旅人恍惚以为自己也是脚底下那块土地的“永久居民”，从而与那个地方发生了较一般观光旅游更深刻、更实在，也更内在一点的关系。

WHEN——何时适合居游？

随时！以欧洲为例，四季分明，每个季节有不同的美感。春夏风光明媚，气候温和，加上昼长夜短，为旅游者争取了较多的观光时间，可春夏也是旅游旺季，风景名胜区人挤人，质量难免会打折扣。秋冬天气冷，白天短，是淡季，然因游客少，观光质量相对提高，消费

也比旺季低，更何况居游者通常不会太在意下午四点就天黑，因为有个温暖的“家”在夜空下等着你呢。

HOW——如何打造居游假期？

就跟一般自助旅行一样，行前需阅读旅游书、上网查目的地的相关资料、订交通工具票券或租车等。比较不一样的是，不向旅馆订房，而需透过中介或直接向房东租屋。以欧洲境内来说，因居游较普遍，有些旅行社可代客户租屋，台湾则似乎仍无类似业务，想要居游，需上网搜寻短期度假屋的网站。

拜因特网发达之赐，如今上网租屋越来越方便，只要进到搜寻网站，打上英文关键词就能找到许多数据（如果你其他外语较好，打别种语言也行，但英文仍是较通用的语言）。且让我以普罗旺斯为例，我在“谷歌”打上“holiday rental”（假期租赁）、“self-catering”（自炊）和“Provence”（普罗旺斯），就有三十多万网页。如果嫌网页太多，查阅起来太费事，不妨先进几个较知名的网站浏览，好比www.homelidays.com、www.vrbo.com和www.homeaway.com，这三个网站都是供短期租屋的房东和房客接洽的平台。

当你查阅诸多度假屋的资料和照片后，可选定较合乎理想的数家，发英文邮件询问，内容不必咬文嚼字，只要列出询问事项，比如欲租屋的日期和租金，并说明自己这方一共有多少人即可。有些房东会很快回信，有些或许不是天天察看邮件，要隔两三天才回复。

待双方邮件往来，详尽沟通，同意一切条件，确定租屋了，大多数房东会要求付订金，有的接受信用卡，有的则需汇款至对方账户。房东接获订金后，会传来合约和有关租屋更详尽的细节，好比交通信息等，你就等着到时住进去，开始你人生第一次居游了。

说不定你会跟我一样，从此上了瘾。

居游——梦的进行式

不知道有多少人跟我一样，在读完了英国作家彼得·梅尔的《山居岁月》和美国作家弗朗西丝·梅斯的《托斯卡纳艳阳下》后，对异国田园生活悠缓、隽永的况味心生向往，巴不得立刻仿而效之，移居普罗旺斯和托斯卡纳，到处寻访美食佳酿，闲来烹饪、阅读、思考文化差异，总之，放轻松过生活。

然而，向往归向往，想到社会、工作、家庭的责任，便明白现实的条件并不容许自己就这样放下一切，毅然归隐异乡。山居岁月尽管幽静怡人，托斯卡纳的艳阳尽管明丽灿烂，说到底，梦想却只能是个梦想，可望不可即，还是悄悄埋藏在心里吧。

我原本已快要放弃这个梦，为爱情移居荷兰后却发现，世上原有种旅游方式，可以让我每年至少一次短暂圆梦。那就是在欧洲已风行多年、台湾人却仍感陌生的“居游”。

所谓居游，简单地讲，就是找一个自己喜爱或向往的所在，租一间家具齐全的房子，暂时住下来，短则一两个星期也好，长则两三个月也罢，总之就是以那儿为基地，又居又游。

听起来，居游和传统的定点游似乎没什么两样。说实在的，差别可大了，尤其在心理层面。

光是刻意不住旅馆而改住一般住家，就可以造成很大的不同。那是因为再舒适、再体面、再豪华的旅馆，永远都是只是旅馆，举凡门厅、柜台、餐厅、贵宾室，甚或迷你吧台等种种为旅客方便而备置的设施，都在提醒着你不过是个旅客，一个异乡人。

相反的，不管是富丽堂皇的豪宅别墅也好，是城里

的公寓或小村的老屋也好，一幢客厅、卧室、厨房、浴室等设备样样不缺的房子，却不但能给你隐私感和居家的乐趣，更让你感受到全然放松与自由的滋味，因为你知道，在居游的这段期间，这是你的房子、你的家，在不知不觉间，经由这个暂时的住家，你和这片土地竟然发生了某种心灵上的亲密关系，归属感油然而生。换句话讲，你，接到了“地气”。

居游不宜独自一人，那样太寂寞，最好有一个性情投合的人为伴，三五好友成群去居游，更是其乐融融。我呢，则多半和我的最佳旅伴，也就是我的丈夫约柏结伴居游。

我们第一次居游地点在托斯卡纳的基安蒂（Chianti）酒区，当时是应邀到朋友客居的山村老屋作客，两位朋友在那儿居游了三周，我们则只待了一个星期。短短的一周让我初尝居游的美好滋味，意犹未尽，从此迷上了这种比定点游更能深入异国生活样貌的旅游方式。

接下来两年的夏末秋初，我和约柏两度以法国西南部为居游地，前后一共待了三周，租赁的三间“住所”，统统是用传统石灰岩建造的老屋，坐落的地点却风味互异：第一间在山里，屋外是一大片树林，属于小屋所有；第二间在小村的广场边，鸡犬相闻，十足法兰西乡村风情；第三间则在波尔多酒区的小镇住宅区，探访酒乡最是方便。

这几次居游经验太美好，促使我写下第一本居游书《我在法国西南有间小屋》，原本单纯只想分享居游心得，把这样怡人的旅游方式介绍给华文读者，没想到欲罢不能，从而开始饮食写作外另一种类型的书写，如今想来，也算是无心插柳的收获。

我和约柏选择的居游地，除了风景优美外，还有一个共同的特色，那就是，全都是美酒佳肴之地。这是因为我们是贪吃好饮之徒，认为痛享美食佳酿不但是人生一大乐趣，更是旅游最重要的目的。

另外，由于我热爱烹调，对异国食材又好奇，故而挑选客居的房屋时，都有一个要求：必须有个真正的厨房。那种小得仅能烧开水、煮泡面的Kitchenette，可不能满足我在异国实验做菜的欲望。

居游的日子里，我们的一天常常是这样的：

早上睡到自然醒，慢吞吞地冲个澡，然后坐在露台上或院子里，用香浓的牛奶咖啡把烤得热热的面包送下肚。早餐既毕，开着租来的车子，四处闲晃，或逛逛乡村传统市集，尽情欣赏各种识或不识的异国蔬果、鲜鱼、奶酪、火腿香肠……逛到脚酸了，坐在市集旁的咖啡馆，学当地人，还不到中午就喝起一天的第一杯葡萄酒。

当然也可以坐火车到大城市，拿着旅游指南按图索骥，探访名胜古迹、参观博物馆，或驾车到偏僻的村庄或小镇走走，享受那份古老的静谧。

有时索性不走远，就在附近一带逛街或到田野间散步，走累了，回“家”用方才在食品店或市场上买来的风干火腿、无花果以及现烤的面包，做份简单的午餐，佐以冰得恰到好处的清凉白葡萄酒，把饭开在露台上或院子里。待酒足饭饱，人也困了，要么回卧室小歇一会儿，要么干脆就在户外的躺椅上打个盹，待精神、体力恢复了，再出门玩耍去。

晚上呢，不妨找家别致的餐厅，好好尝它一顿地方菜。懒得找馆子、预约座位，或兴致来了想大显身手的话，到蔬果店、鱼铺、肉店，甚或上超市，买来一堆食材，开瓶葡萄酒，在暂时属于自己的厨房里，边不时喝上一口美酒，边悠闲地做着自己和旅伴爱吃的菜。这时，我总是很庆幸自己选择了居游，也选择了这种要上馆子就上馆子、想享受烹饪之乐就享受的“自由”。

对于我来说，居游的每一天，都仿佛是梦的进行式，它让我得以从一成不变的日常生活中喘息一下，置身在不同的文化和自然环境中，过过不一样的日子。有机会的话，试试居游吧，说不定在居游期间，你会跟我一样，恍然以为自己换了一个人生，完成了一个梦。

况且，居游还有一个很大的好处唷：房价增贬值、房屋税、地价税、维修保养、除草、通水管……凡此种种随着家居生活而来的繁琐问题，统统用不着操心，你只管在异国的天空下，过过既居又游的好时光就行啦。

手作的乐趣

到朋友家吃饭，带了瓶红酒和前一天才熬的辣椒酱当伴手礼，朋友笑盈盈地问："你不是在赶译一本书吗，怎么又有空做辣酱？"

唉，就是忙，才会又煮了辣椒酱。我每一回交稿在届，铆足劲赶工时，特别爱在炉上熬辣酱或果酱，往往在键盘上噼里啪啦打了几百字，就到炉前察看一下锅里的酱料好了没有，顺便搅拌个两下以免焦底。这不但给了我喘口气的机会，让死盯着计算机屏幕的眼睛得以休息片刻，也稍稍安抚了心底因赶工而起的焦虑。我说不准自己尚需“加班”多久才能如期完工，却确切知晓等酱料熬好，我和丈夫又有好些日子可享受手作的家常美味。这样确定的事情，在当今这瞬息万变、充满着“不确定感”的时代，有多么难得。

于是，这几年来，我越来越少买外头现成的酱料，一方面基于健康考虑，省得老在猜疑现成货不知有没有添加味精、人工甘味或酸料，搞不好还有防腐剂，我可不想变成埃及的木乃伊！

另一方面，手作酱料的过程似乎赐给我安定心神的力量。对我来讲，在自家的厨房慢悠悠地烹调对味的酱料，与其说是费神劳力的杂务琐事，毋宁更像是“享受”。

我享受那种在从事一天劳心的工作后，用自己的双手，专注地洗洗切切，而后开炉火或烤箱，仔细地把准备好的材料烧之烹之或腌渍起来，变成餐桌上一道小菜，或只是足以画龙点睛的一款佐料。

有一回跟几位朋友聊起来，才发现我周遭有越来越多从事劳心工作的亲友，这两年都爱上了手作之乐。好比说，有位爱阅读的朋友基于惜书之心，开始手工缝制布料书衣，越做越有心得，现在索性当副业卖起书衣，常常供不应求。

另一位为人师表的朋友近一年来潜心研究手工果酱的各种配方、制法，她以前周末爱去唱KTV，另一半上网打电子游戏，如今两人常结伴钻进厨房，一个负责洗切水果，另一个管炉火，试做起各种组合的果酱，成功了就请朋友来家里品尝新口味的果酱，我不久前回台北，到他们家喝茶聊天，吃的就是自家烤的戚风蛋糕抹百香果酱和发泡鲜奶油。

还有位年轻的律师朋友更可爱，因为妹妹生产后母乳太多，冷冻库就快摆不下，她干脆做起手工母乳皂，一做就做出兴趣，如今一有空就到化工行搜寻材料，试着用不同的花草茶、天然香精来给手工皂添香增色。朋友的成品只送不卖，我有幸获赠两块，不知是否因为皂中蕴藏着母子、手足亲情与手工的温暖，洗来还真的特别滑润。

这一股手作之风，是怎么吹起来的？

说不定宇宙间真有“物极必反”的法则，每当奢华或消费文明发展到接近极致时，便开始有越来越多的

人灵魂开始不安，渴望回到往昔那相对单纯的时代。可惜时代一旦过去就不回头，岁月既已挽不回，这时就只能求诸自己，第一步就是卷起衣袖，运用早已习于机器代劳或直接从货架取下商品的双手，做起各式样的手工来，借由手作的乐趣，寻得心底的踏实。

老实讲，我说不上来自己这些年特别爱做手工酱料，是不是正出自这样的心理。我只晓得，年纪越长就越佩服先民古老的智慧。就拿我最有热情的“吃东西”这件事来说，近年来，我尽可能在日常生活中遵守在农业尚未工业化前的饮食习惯，那就是只采买、食用当令农产。当令农产价廉物美，农药施得少或根本不必施药，一来省荷包，二来健康，更让我们这早受残害的地球少受点化学品的伤害。

春季时分，新蒜刚出，我学父亲江苏老家的做法，用醋和糖浸泡两三个月，夏季时就有酸甜开胃、香而不呛的糖蒜可食。夏天，露天市集的摊位上摆满各种浆果，一大盒半公斤的荷兰本土产草莓只要两三欧元，我常买上一公斤加上砂糖熬果酱，有兴致的话，再烤上一批英式司康饼（scone），趁热抹上浓郁的鲜奶油和自制果酱，那滋味，真的美滋滋。

秋天，苹果熟了，邻居每年这时候总会送我们一箱乡下老家自种的苹果。我拿来加点柠檬汁、柠檬皮和肉桂，熬成苹果酱，佐猪排和荷式煎肉丸，可中和油腻。炉上文火煮着苹果酱时，我顺手剪下阳台上的迷迭香（rosemary）、鼠尾草（sage）、百里香（thyme）和牛至（oregano，又称披萨草），泡在橄榄油里三四个星期，便成香草油，如此一来，即便冬季大地枯黄，我的餐桌仍可飘着人工香精怎么也比不上的天然芳香。

冬天农产不丰，我就做洋葱酸辣酱（chutney），紫洋葱也好，黄洋葱也行，一律切成丝，加橄榄油、牛油、红酒、酒醋和一点糖，小火煮至洋葱软而略"焦糖化"，快起锅前淋点秋天泡制的百里香油或迷迭香油，味道更香。

辣椒酱则是一年四季都做，最常做基本款的辣椒酱，因为其味百搭，烧麻婆豆腐、做墨西哥莎莎酱都可以，加进也是自制的烤肉酱中腌肋排或鸡腿也好吃，都不会喧宾夺主，让整道菜尝来仅存呛辣一味，更不致使得中国菜带着洋味，而洋食又成了"酱油西餐"。

基本辣椒酱的做法最早是跟朋友学来的，不过经由我一再更动，如今已与原版不尽相同。我用的材料有一般的红辣椒和朝天椒两种生辣椒，前者取其色泽红艳，后者取火辣劲道，这两样加上香气较足的干辣椒，打碎或切碎了，加一点蒜头，连同葵花油或花生油，少许盐和糖，文火慢熬个把小时就成了，真的简单到不行。我也常做适合烧中国菜的麻辣版，多添了花椒和麻油，吃来又麻又辣又香。有时还会加豆豉和金钩虾米，这就更有中国味了。

其实，不论基本或加味的辣椒酱，我都最爱拿它来拌干面，一碗简单的白面条，嚼来有劲道的最好，淋点好荫油、陈醋，撒点葱花，最后来一勺手作的辣椒酱，就是我百吃不厌的早餐或午餐。有了这吃来爽口、做来又简便的家常美味，谁还需要吃泡面？

徜徉美食醇酒之地——法国西南部

听说我们两度到法国西南部居游，不止一个人问：“为什么去西南法？西南法有啥好玩的？”

我总回答：“Why not？西南法不但好玩，还好看、好吃又好喝哩。”

我这话讲的可半点也不夸张，说实在的，西南法真是要风景有风景，要文化有文化，要古迹有古迹，要人情味有人情味，所谓旅游胜地该有的元素，西南法不但统统具备，更棒的是，这里还盛产松露和肥肝，更有近年在巴黎火红的乡土佳肴（cuisine du terroir）和葡萄美酒。爱玩又热爱美食佳酿如我，哪里抵挡得了西南法的魅力？

所谓西南法，大致上北以波尔多附近一带为界，西临大西洋，往东到达中央高原边缘，向南则直抵西班牙边界的比利牛斯山，这一大块地方离普罗旺斯并不很远，风土民情也颇相似，同样富有悠闲的南方情调，不过西南法因为在国际上的知名度不如普罗旺斯那么响亮，因此除七、八月的旅游旺季外，人潮没那么拥挤，这反倒吸引了不少偏好清静悠闲的欧美自助游客。

西南法有两个大城市——图卢兹和波尔多，前者不但是本区域最大的都市，根据民调，也是法国人心目中最适合居住的法兰西城市。不过如果论起国际名声，尤其是在酒客群中的知名度，波尔多却是更重要的西南法大城。波尔多到底是法国乃至全世界最出名的酒乡，在一般人心目中，波尔多红酒堪称顶级佳酿的代名词，虽然近年来在商人炒作下，波尔多红酒偶有名不副实的负面评价，但还是有不少酒客独钟波尔多红酒醇厚的滋味，不喝红酒便罢，要喝，非波尔多不可。

至于老饕嘛，在他们心目中，西南法最有吸引力的地方，可能是此区靠北的佩里戈尔（Perigord），这里产的黑松露有“黑钻石”之称，据说品质更胜普罗旺斯；这里也盛产优质的肥鹅肝和肥鸭肝，那入口即化的滋味叫人不爱也难，配上西南法出产的苏玳（Sauternes）、蒙巴济亚克（Monbazillac）或索西涅克（Saussignac）贵腐（noble rot）香甜白酒，更是不容错过的人间美味。

除了这几样高档的“山珍”，西南法还有道乡土菜，征服了不少老饕的胃，那就是油焖鸭（confit de canard）。简单地讲，这道菜就是用鸭本身的油脂焖煮鸭肉，它原本是冷藏和制罐技术发明前，古人保存食物的方法，滋味质朴厚实，算是道“农家粗菜”，可是那股古早味却勾起法国人味觉乡愁，如今可受欢迎了，是许多外国饕客心目中最具代表性的法国乡土佳肴。

嗜食海味的人，则不妨把脚步稍微往西挪移，前往大西洋畔的阿卡雄（Arcachon）大啖生蚝。就学法国人，吃生蚝时除了少许柠檬汁外，什么佐料也不加，提起蚝壳便往嘴边送，咀嚼个两下，就让滑嫩中带点爽脆

的生蚝连同汁液沿着喉咙滑进肚子里，在口中留下淡淡的海水味和些许的金属味，法国人觉得这样才更能品味生蚝鲜活的原汁原味。

除了美食佳酿，西南法也有秀丽的风景。居游期间，我们最爱站在凉风习习的小山顶，极目四望，饱览河谷风光。近处，如带的河水静静地流淌，河岸的椴木、栎树、梧桐和杨柳交织成一片青葱蓊郁，华盖般的树影倒映在河面，把河水都染成了墨绿色。稍远一点，有连绵的山坡，这里或那里的山头上，一幢幢中世纪城堡巍峨耸立，古老的石墙在艳阳下散发着烁烁金光。闭上眼，耳畔只有鸟啭和微风拂过树梢的婆娑声，偶尔传来教堂当当的钟声，仿佛在提醒我们，太阳已快爬上中天，传统市集再过一两个钟头就要打烊收市，我们得赶紧下山赶集了。

赶集，尤其是露天的传统市集，是到西南法切切不可错过的活动。而在这儿逛市场，买菜绝不是唯一的目的，与其说是上市场买菜，不如说是亲身参与、体会西南法的常民生活样貌，因为在市集上，不仅可以看到各式各样新鲜食材、特产、日常生活用品，还可观察芸芸众生，窥看都是在地人的小贩和顾客如何交谈、如何互动。

信步走到面包摊前，竖起耳朵，“偷听”摊贩和熟客的对话。“皮耶太太，您早呀，皮耶先生好吗？您的两个小宝贝好吗？”

“都好，都好，谢谢您。”

“您今天要买点什么？”

“上回买的乡村面包，我先生说特别好吃，嘱我今天多买一点，劳烦您包上一整个，另外还要两条棍子面包和半块杂粮面包。”

“没问题，马上好。”

对话完毕，轮到我购买，各形各色的面包琳琅满目，真叫我不知从何选起，幸好较大型的面包都可以只买半个，于是我这个来上半块，那个来上一条，一口气买了三四种不同的面包。

买完面包，踱至奶酪摊前，长相斯文的中年老板，殷勤地要我们试吃自家做的农家蓝纹奶酪，我尝了一小口，滑润顺口，立刻掏腰包买了一块。走没两步，来到火腿香肠摊，摊上吊挂着大只大只的风干火腿和一条条赭红的腊肠，看来好吃极了，我差点没流出口水。身材精壮的老板见我这副贪吃相，不觉莞尔，抡起一把大刀，问我想不想尝个一小片。那还用得着问吗，当然是恭敬不如从命啰。油润的风干火腿，配上西南法夏末秋初盛产的新鲜无花果，不消烹调，便已是可口的下酒好菜，其滋味一咸一甜，一陈一鲜，形成互补。

我们就这样边逛边看，这里试吃一片香肠，那里尝上一小口香甜的奶油蛋糕，不知不觉买了一大堆吃的喝的，手中的环保布袋变得沉甸甸的，简直快提不动了。逛到这会儿，脚也该酸了，就在市集街边的咖啡座上，喝上一大杯café au lait，边啜饮着咖啡，边游目欣赏这热闹缤纷中自有一股悠闲气氛的市集风情。

喜爱美食又爱烹饪的人，在西南法逛市集，真会逛上了瘾。像我们，就常常逐市集而游。这话怎么讲呢？原来，西南法的个别村镇并非天天都有市集，而是各地轮流举行，好比说，甲村每逢周一上午开市，乙村周二，到了周三，就得上丙村去赶集，从周一到周日，每天都有市集可赶。本地人对各村各镇的市集日，都牢记在心，游客则可到旅游咨询中心索取市集日清单，单子上详列有方圆数十公里内各村各镇的市集日，我们只消按图索骥，便可天天开车到不同的乡镇，天天逛个过瘾。

我最爱逛的，当属周日市集，因为在这一天，除了像我们这样平日不必上班上学的观光客外，还有很多的本地人也会拎着藤篮来赶集。周日市集的“业余”摊贩好像也多点，有些菜贩看样子很像附近一带的农民，趁着星期天带着自家种的农产品来兜售，赚点外快。他们用的是老式的吊秤，给客人装菜的塑料袋也是各式各样，全是回收再利用的旧袋子，有的甚至用过多次，看来有点脏兮兮的。

这样的摊贩当然一点也不专业，卖的蔬菜水果也没有超市的货品那么清洁好看，有些甚至长得歪七扭八、奇形怪状。可你别小看这些农家产品，它们可是天然有机蔬果啃，因为没有施加化学肥料，没喷洒农药，才会长得这么“不称头”。这些菜蔬尽管长相不讨人喜欢，却经过阳光雨露的充分滋养，味道饱满极了，那些用温室栽培出来的漂亮蔬果哪里比得上？

乡下地方的市集人情味浓，气氛较闲适，大城市的

AIL - Violet du GERS
6€ la tresse. 1Kg
3€ la tresse 500gr.

市场虽少了几分纯朴，货色却比乡间市集来得充足，食材也更多样，市场内往往还有葡萄酒铺，客人买完了菜或各色熟食，可以顺手带瓶佐餐酒，方便极了。较大规模的城市市场更常附设有小吃店或咖啡酒吧，逛累了，可以舒舒服服地坐下，歇歇腿，喝杯饮料，吃点东西。比方说，我就曾在波尔多僧侣市场的小吃摊位，吃过半打阿卡雄生蚝，佐以一杯清凉的波尔多白酒，那生蚝不但新鲜得仿佛才刚捞上岸，连蚝带酒索价也不过才五欧元，绝对物超所值。

哈法族，请暂且把目光调离巴黎和普罗旺斯，看看至今仍受亚洲人冷落的这片美丽沃土，这样才能更深入领会法兰西饮食、人文和自然之美。

在巴黎市集找寻庶民味

早已数不清究竟造访过巴黎多少次，虽然不像在那儿念过书或工作过的朋友那样，老爱情意绵绵地说“回”巴黎，而不是“去”巴黎，然而每当我和别人聊起在巴黎的点点滴滴，却也常常会感受到一股冲动，恨不得立刻动身再赴斯地。

巴黎究竟有什么魅力吸引了我？说来也好玩，最主要的竟然不是博物馆里的世界文化瑰宝、塞纳-马恩省河畔怡人的风光，更不是精品店的潮流时装、限量手袋，

CAT. EXTRA

而是摆在街头或广场上的传统生鲜农产市集。

其实，不只是在巴黎，不管在台湾或海外，不论到哪个陌生的大城小镇，只要有传统市集，我都一定设法抽出时间上菜场，就算不买什么菜，逛逛、看看也好。这当然跟我是个爱吃鬼这件事脱不了关系，此外，还有个重要的原因：只有在市集，身为旅人或游客的我，才可以亲身体会到异地的庶民气味，窥见当地日常生活的鳞爪，偶尔心头甚且会涌现“生活在他方”的错觉，竟以为自己也是当地居民了。这种确切而踏实的生活感，是在风景名胜、博物馆、名牌店乃至百货公司都找不到的。

巴黎市集亦然。在这里，与你产生互动的，是克勤克俭、天天一大早天还没亮便得出门摆摊的市井小民，他们面对的顾客诚然有像你这样的巴黎过客，更多的却是真正生活在这里的人，也就是巴黎市民，而这些市民跟你一样，规规矩矩地在摊前大排长龙，这时你或会觉得，谁说巴黎人傲慢、不守秩序？这会儿大伙儿不全乖乖地排队，没有人露出不耐烦的表情，因为大家都明白，美食要靠好食材，而好食材是值得等待的。当好不容易轮到你的时候，小贩虽然只能从你这个生面孔的手上赚到几文薄利，却往往不像精品店员那样用势利的眼光打量着你，如果你敢发问，食材叫什么名字、该怎么挑、怎么烹煮，他们都有问必答，不会因为你只是“游客”而不理不睬——当然啦，前提是你的法语得够好，或对方的英语、汉语还行，不过后者的概率不大就是了。

是以，这几年只要到巴黎，倘若时间有限，仅能匆匆伫留两三天，铁塔可以不爬，卢浮宫可以过其门而不入，市集却是非逛不可。可以说，一直要到我在市集上与巴黎人摩肩接踵时，才终于会感觉到自己终究来到那较不“观光”、属于寻常市民的巴黎！

我所熟悉的几处巴黎市集，多半是历年来在那儿租屋居游时，住所附近的传统市场。好比说，我如果住第六区，最远步行到隔邻的拉丁区买菜；住玛黑时，就近到巴士底广场附近。我可不会挽着菜篮，搭着地铁上菜场，按照我一位久居巴黎的朋友的说法，那样，“很不巴黎”。

这位朋友告诉我，巴黎人上市集采买很重“地域性”，他们习惯在住家一带采买日常食品，少有人会拉着菜篮车横越半个巴黎，只为买一袋洋葱、两条鱼或三块牛排，那些在家附近的菜市就有了，何况光顾卖菜的皮耶、贩鱼的扎伊尔德已经很多年，大伙儿都是熟人了，去买个菜还可顺便跟老朋友聊个天，交换一下食材信息和邻里动态，如此浓浓的人情味，千金难买，大伙儿何必舍近求远？

这样忠于邻里的购物习惯，也造就巴黎市区几乎处处有市集，除了周一市场公休日外，天天都可以买到新鲜的蔬果鱼肉。久居台湾的人可能会认为这没什么了不起，到了欧洲会发觉，周日有市集真是功德一件，因为即使在繁华、观光业发达如巴黎之地，大多数商店在星期天安息日都不营业，餐厅也未必开门，这时农产市集便成了爱逛爱吃的游客的好去处。何况，到市场走上一圈，观察一下最常见、价钱也最经济的食材是什么，它们十之八九是当令的农产，待会儿进餐厅，就点这些食材烹饪的菜色吧。

在巴黎的的市集上，旅人可以看到什么？

首先，当然就是鸡鸭鱼肉、新鲜蔬果。巴黎毕竟是美食之都，市集上的农产五颜六色、琳琅满目，摊贩们多半信奉“数大便是美”的原则，同一种食材不会只放几把几颗意思意思，而是一整箱一整箱、整整齐齐地摆在摊上，艳红的西红柿衬着姹紫的圆茄，挨着翠绿的罗勒，一同映在你眼帘上，让你当场便明白，巴黎的美感无所不在，而这美感，更显现了人对食材的尊重和敬意。如果你从小跟大人上菜场，看惯了这幅景象，你在穿着打扮上怎么可能会胡乱配色，又怎么会漫不经心地糟蹋食物？

市集上也少不了的是奶酪摊，法国奶酪世界闻名，据说有五百种之多。另外还一定有面包摊和专卖火腿、香肠、法式肉酱的摊位，规模中等以上的市集更往往有熟食摊，供应烤鸡、酸菜猪脚、蒜味香草蜗牛或红酒炖肉之类现成可即食的菜肴，价钱公道，滋味更胜专宰观光客肥羊的黑心餐馆，旅人不妨在这摊买两颗西红柿、蜜瓜，那摊沽一点火腿或肝酱，带上半只烤鸡或一盒酸菜香肠，再来一根棍子面包，便可到公园野餐或携回下榻处，大啖庶民美食。

以下推荐我心目中的最值得一逛的几处市集。

周日市集：

第六区Raspail市集，摆在林荫大道中间，全部是有机农产。

第十一区Richard Lenoir市集，就在巴士底广场附近的林荫大道上，周四亦营业。

第十二区Aligre市集，结合露天市集，室内市场和跳蚤市场，除周一外天天都营业。

平日市集：

第五区Maubert市集和Mouffetard市集，前者在拉丁区的小广场上，周二、四、六营业，后者为小型街市，除周一外天天营业，但周日规模更小。

第七区Rue Cler市集，亦是小规模街市，除周一外天天营业。

第十六区President Wilson市集，在林荫大道上，周三、六营业，规模不小。

朴素自在的农民市集

前些日子漫天飞雪，这一阵子好不容易天气转暖，路上积雪融化，不再湿漉难行。周六早上起来，唰的一声拉开窗帘，阳光迎面扑来，湛蓝的天空飘着淡漠的云影，打开窗户透透气，空气冷冽干爽，似乎还残存着邻居家壁炉的烟火味，真是让人心旷神怡的好日子。这个时候最适合穿上厚厚的大衣、裹着围巾、戴上手套，出门游逛去。和丈夫一商量，决定搭火车到阿姆斯特丹，逛北市场（Noordermarkt）的农民市集去。

我爱逛市集，尤其爱逛由农民自己出来摆摊子做生意的farmers' market（荷语称之为boerenmarkt），也就是农民市集，总觉得市集中流淌着一股朴素自在又扎实的生命力，那样的生命力在传统市集当然也有，只是农民市集的却似乎更深沉、醇厚，也更亲切可人。

或许是那里的人使然吧。

站在农民市集的一头，放眼望去，难得看到愁眉不展、一脸“狰狞”的家伙。摆摊的人也好，来市集或逛或买东西的人也好，抑或是穿梭在市集中卖艺的街头艺人也好，大伙儿倒也不至于兴高采烈、手舞足蹈，但个个慈眉善目，没有一丝火气，这说不定是因为大伙儿都知道，自己参与的是一场较合乎公平原则的交易活动。

在欧美，所谓农民市集（也有称之为“绿色市集”的），简单讲，就是整个市集的摊位统统由农家或农民组成的合作社经营，贩卖的都是方圆十数里至几十里以内的小农自家种植、畜养、采集或制作的生鲜农产与加工品，一切产品皆恪守“我们种植生产、我们贩卖”的基本精神，由生产者直接将货品卖给消费者。

这样的经营方式有什么好处？首先，当然就是买卖双方不需要透过第三者交易，从而避免中间剥削，使得农产的价格更能反映成本，也比较合理。此外，就卖方的观点来看，小型农场和农家借着自产自销的模式，还可以在零售市场几乎被企业集团经营的大农场所霸占的困局中，杀出一条生路。对买方而言，由于农民市集上的农产都来自邻近一带，并非千里迢迢、长途乃至越洋运送而来，消费者虽一样得花钱买东西，可是买到的多半是一大清早才采收的农产，比起那些万里以外来的产品，自然是新鲜多了，质量也好多了。这不正是买方、卖方“双赢”的局面吗？

再者，由于贩卖者就是生产者，他们为自家产品而自豪，知之甚详，有些农民谈起摊上的那些水果蔬菜和奶酪，甚且让我想以“深情款款”来形容，仿佛他们提到的不是一颗高丽菜或一块熟成好几个月的羊奶酪，而是什么有灵性的东西。

这也难怪，摊上摆的毕竟都是人家汗水与心血的结晶。是以，即便你不是常客，这些农民摊贩也不会拿坏的、烂的次级品来鱼目混珠（唉，不论在哪里，一般传统菜市难免有少数不肖摊商会欺生）。他们对好奇的

消费者种种问题，像这菜究竟是啥、什么品种、怎么种植、该怎么烹饪，都能娓娓道来，让我在买菜之余还长了知识。相对的，卖菜的乡村农夫在回答都市居民林林总总的疑问时，也可以对消费者的喜好和心态，多了几分认识。透过双方互动的过程，说不定可以增进城乡居民对彼此的了解。

另外，从旅游者的角度来看，旅人到了一个陌生的地方，如果想了解那里风土物产的面貌，只消到农民市集走一趟，大概就能明白几分。这是因为小农受限于农地规模与人力，不想也无法像企业化农场那样仅种植单一经济作物，往往需要看老天爷脸色，按照季节、土性和气候状态来种植农作。所以，你如果在冬令时节来到西欧的农民市集，可别想买到茄子或菠萝等夏季蔬果，还是乖乖地从一箱箱苹果、甘蓝和胡萝卜等根茎类蔬菜中，挑看起来最顺眼的买吧。

说实在的，农民市集在某种程度上是古风的再现，在好几百、上千年以前，不论在东方或西方，不都是由农、渔夫自己挑着担子、推着车，到人潮聚集处去卖给邻里百姓吗？生意要是过得去，做买卖的场地便会慢慢热闹起来，从而形成市集。古早时代，台湾的市集可能摆在庙埕或庙口，在欧洲，则可能是村子中心教堂前的小广场或马路上。可惜在工商业文明逐渐发达后，这种古老的农民市集就式微了。

一直到二十世纪七十年代，西方才又开始出现了农民自贩自家产品的市集，开风气之先的是美国。阿姆斯特丹则到一九八七年才出现第一个农民市集，也就是标榜纯有机农产的北市场，初期才九个摊位，如今每逢周六有二十多个农产与食品摊，结合二手书、唱片、民俗艺品和有机花草等摊位，占满小小的北市场。来这儿采购的，除了荷兰的老饕和有机农产爱好者以外，更不乏闻风而来的外国游客，他们容或不能亲身领略低地国的农村风光，但从这市集也得以窥见一斑。

英国的农民市集的成立时间晚于荷兰，在一九九七年才成立于以古罗马浴场闻名的老城巴斯，两年后伦敦也有了第一个农民市集，不过农民市集在英国崛起的速度远快于荷兰，如今全国已有五百个以上的农民市集，单在伦敦就有十五个，以每周日营业的梅利本（Marylebone）市集规模最大，它也是伦敦中产老饕逛农民市集的首选。

比起欧美国家，台湾的农民市集历史更短，直到二〇〇六年才在台中有了第一个农民市集——“合朴农学市集”，一个月开市一次。台北市在如今也有了“248农学市集”，每周末都有农友带着自家种的菜、做的豆腐、酿的醋、熬的果酱、磨制的米食和古早味麦芽糖等，在东区一个小停车场前面搭起棚子，让都市的消费者也能尝到来自台湾乡村的美好滋味，而且全是不撒农药、未施化肥的有机农产。

自从有了“248”，我一年两次从欧洲回台北探亲时，第一个周末例必到东区的农学市集逛逛，看看最近有什么农产，顺便买上一盒豆腐两把菜，回家孝敬老父。这时你若打手机请我去喝“贵妇”下午茶，对不起，心领了，不如你过来市集上，咱们在这儿吃根释迦或洛神花棒冰，喝杯公平交易的雨林咖啡，歇一歇，也许你会跟我一样，深深感觉自己置身的这片乡土，着实可爱可亲。

季节的温度，在市集

傍晚六点，台北夜幕已低垂，住宅区马路边上的黄昏市场灯火通明，正热闹着。下班回家的人，脸上带着微微的倦色，脚步走向熟悉的菜摊，买了一把青菜、两块豆腐，又请卖菜的大姊抓了几片新鲜木耳。大姊利落地将木耳装袋，顺手塞了两根葱，问："要做红烧豆腐吗？送你葱，红烧豆腐要放葱才好吃。"

"对呀，你怎么知道？"买菜的人搭腔，"女儿今天不必留校自习，会回家吃饭。她最爱吃红烧豆腐了。"

“乱猜的啦，看你今天买了豆腐，又要了木耳。”卖菜的一边接过钞票，找了零，一边说，“我煮红烧豆腐也都放木耳的。”

我在邻摊挑着当令的椪柑，不经意听见这一段对话，如此家常，如此市井，淡淡的，却带着一股温情，于是我再度明白，自己何以如此热衷于逛市集。不论是在我的故乡台北，还是在旅居的荷兰港都鹿特丹，不论在大城或小镇，还是世界的任何一个角落，我总觉得，传统的市集是最有温度的地方。

市集也是最能令我体察到季节变换的所在，尤其是荷兰的市集，总随着四季的流转，呈现出不同的色彩与质地。

春天米白柔软、嫩绿清脆，那是市集菜摊上的白芦笋和绿芦笋，这个国家春季的旬味。到了夏天，各种颜色争着上场，市集热闹缤纷，有艳红得近乎泼辣的西红柿、矮胖深紫的圆茄、红得发紫的樱桃，还有各种浆果，嫩黄、洋红或紫蓝，样样都饱满多汁。秋凉了，橙红、酡红和黄褐是主色，来自甜柿、苹果还有市集边上的榆树与梧桐。一年将尽时，菜摊不再五颜六色，堆积着灰白泛青的野生苦苣和苍绿的抱子甘蓝，隆冬转眼就到。

在不同的季节、不同的国度，我就这样信步走到市集，晃晃悠悠，一边听着人们用陌生或熟悉的语言寒暄、做买卖，一边贪恋地端详着市井风情。我不见得会大手笔地买上什么，常常只是这里买几颗桃子，那儿买一尾鲜鱼，趁机请教小贩，这条我从没见过的鱼该怎么烹调才好吃。然而我所获得的，何止是新鲜的农产和菜肴的做法而已。市集的颜色和声音取悦了我的感官，那脉脉的温情更熨烫了我偶尔冷寂的心灵。

季节的厨房，旅人的食材历

夏季走到尾声了，上午逛菜场，看到红鲻好新鲜，一口气买了四条，吃个过瘾。当令的红鲻不腥气，我打算简单煎一煎，把外皮煎脆，食用前淋点柠檬汁，鱼肉尝来会更甜，香味也更突出。先前已在有机店买了彩椒、栉瓜、西红柿和圆茄，要做一锅费工但美味的普罗旺斯炖菜（ratatouille），一部分用来佐鱼，还有一部分明天拌库斯库斯吃。

彩椒是本周促销品，价格特别好，干脆多买一点，回家就送进烤箱烤到外皮微焦，去籽，剥去薄膜，用手撕成长条，拌上油醋和蒜头，腌上半天，最后撒点洋香菜末，便是一道意式开胃小菜。那鲜红、亮橘、明黄色的甜椒在翠绿的洋香菜衬托下，鲜丽讨喜，看着就开心，滋味则酸酸甜甜，很爽口。椒肉烤熟以后，质地更是柔软得几乎不必咀嚼便可滑下肚，好吃到真叫人停不了口。到目前为止，除了痛恨椒味的“死硬派”，亲友中凡吃过这味小菜的人，没有不爱的。

肩扛着一袋的菜，怀里捧着一束花，看到水果摊上的草莓和蓝莓，忍不住各买了一盒当饭后水果，再过一两星期就吃不到荷兰本土产的新鲜浆果了，这夏季的滋味可得及时把握。

坐在回家的公交车上，心里在盘算，开胃菜有了，主菜有了，饭后甜点有了，还欠个淀粉类主食，要做什么呢？干脆利用冰箱里现成的材料吧。前两天在街坊的青果店里买了两公斤红西红柿，加蒜头和洋葱熬了一锅西红柿酱汁，已用掉半锅，今天就来加料，添上辣椒和黑橄榄，最后撒上自家种的罗勒，就是饶富意大利风味的面酱，拌尖管面吃好了。这么一来，这一顿夏末的晚餐算得上很丰富了，周末嘛，算是慰劳忙了一星期的丈夫，当然还有自己。

这一餐虽“澎湃”，花费却不多，因为几乎每一样新鲜材料都是当季盛产的农产，价廉物美不说，且就算不是有机农产，而是惯行农法栽种的，只要是荷兰本土所产，非千里迢迢越洋运送而来，我吃来都比较放心，因为想来不会吃进太多不必要的化学药剂。大自然有它的节奏和韵律，万物生长自有其定时，农民只要顺应季节来栽种蔬果，不必施太多化肥、农药和生长剂，应时的蔬菜水果便生机不绝、欣欣向荣，故而多多食用当令农产，不但省了荷包，而且不会毒害自己的身体和孕育生命的土地。像这样多少服膺慢食文化的理念，是我近年来在日常生活中尽量实践的主张。

说来惭愧，我好像是移居欧洲，而且成为煮妇后，才真正注意到食材跟时装一样，是有季节性的。这当然是因为荷兰地处北温带，四季分明，我即使再鲁钝，也会随着气候与自然景色的明显变化，感受到季节的流转。再加上我特别爱逛传统市场，逛着逛着就发觉，怎么农产摊子上的颜色也会换季哩。

duinvoetjes
2.75
SHII-TAKE
1.95

Witlof
2.75/pond

春天一到，几乎每家菜摊都堆着一摞摞的芦笋，有绿有白，米白色的较多，白芦笋正是这个国家春季的特产。隔了一段时间，同样的摊子变得五彩缤纷，其中西红柿、彩椒和紫圆茄特别多，我顿时便明白，时序已至仲夏，这三样需要阳光的蔬菜因而长得特别娇美。

当橙红的甜柿和酡红微带嫩黄的苹果大量上市时，我家门前的榆树也渐渐枯黄了。我从衣柜中取出风衣，挂在玄关，方便出门前顺手取下，秋凉了，出门得披件外套才行。

然后又有一天，我上菜场，发觉果菜摊上不再五颜六色，白色的吉康菜和苍绿色的袖珍抱子甘蓝取而代之，盘据了大半摊位，这时，我不必翻月历也知道，圣诞节不远了，一年又要到尽头。

回忆过往还住在台湾时，我好像并没有这么强烈地感受到时令和食物的关系，大概是因为成年出社会后忙于工作讨生活，加上一直住在台北市东区一带，除了逢年过节会上传统大市场外，平时多半就近到超市买菜。超市的蔬果种类繁多，本土农产和进口货色都不缺，但不知是否商业机制调节使然，一年四季供应的产品似乎都差不多，好像除了台风过后暂时吃不到叶菜类蔬菜外，没有多少农产是过了季就吃不到的，方便是方便，但光顾久了，还真的忘记农产有其季节性。

也是到这几年，好像才渐渐有了认识，即便在四季如春（呃，现在或应改为四季如“夏”）、农业技术发达的台湾，也是有农产是季节不对就吃不到或很难买到的。记得头一回在夏天回台湾，想买馋了很久的莲雾。在娘家附近的菜场绕了半天，就是找不到，红艳的爱文芒果倒是很多，请教水果摊老板。这位老兄很性格地看了我一眼，以“是我心情不错所以愿意教教你”的语气，缓缓地说：“小姐，夏天没有莲雾哦，偶尔有也很贵，药仔还下得多，不如买芒果，便宜又甜。以后买水果要记住哦，有芒果就没莲雾，有莲雾就没芒果，这两样水果是轮流来的。”

有关台湾的时令农产，那应该是我上的第一课。从此以后，我只要回台湾，便会特别留心市面上的生鲜货色种类、价格以及数量的多寡，这才发觉传统市场的本土农渔产品也是季节分明，可没有一年到头一成不变的事。

不过，我毕竟是旅外台侨，在家乡的时间不多，亲眼所见、亲口所“食”的经验难免不足。最近，我又上了更深入的一课，在洪震宇先生所著的《旅人的食材历》出版前有幸拜读书稿，透过他这本按照一年当中不同的节气、记录不同城乡的农产与食材的著作，学到我们在台湾如果想学习老祖宗的智慧配合时令而食，可以去哪里，又该怎么做。

好比说，俗话说“正月葱、二月韭”，国历二月，也就是农历正月立春时分，不妨到宜兰，去吃三星葱；三月则去金门尝尝嫩韭菜配石蚵，来一盘蚵仔煎。六月夏至前后，到三峡去爬山吧，顺便买几斤五寮产的绿竹笋，据说新鲜的五寮笋生食就像梨子般多汁，所以有“梨子笋”之称。秋季是吃虱目鱼的好时节，连我都知道，这时该去台南走一走。

书中最能勾起我的回忆，又最叫我怅惘的，应该是冬季的乌鱼子。还记得儿时，阿妈每逢乌鱼季，就会托台南亲戚就近到兴达港买来一副副新鲜乌鱼子请专人腌渍。于是到春节前后，我们就有炭烤鱼子可吃。阿妈烤乌鱼子可有一套，总能把鱼子烤至外层似焦未焦，内里油润软嫩，切成薄片，配上甘甜的冬季菜头，口味一浓一清，质地一软一脆，好吃极了。可惜自阿妈去见她的上帝后，那好滋味不再，以后吃到的，好像都没那么香，也许不是别人不会烤，只是我缅怀童年滋味，先入为主吧。

在欧洲也好，在台湾也好，我走在路上，眼底是熟悉或陌生的街景，季节不断递变，我留不住光阴，索性贪心地把季节吃下去，让舌尖记得四季的滋味。

持叉举杯，向人生致敬

从还有点闷热的亚热带岛屿飞回秋凉的北温带低地国，算天公赏脸，阳光温熙，正适合到公园散步，对抗时差。草地上一片落叶，还挂在树梢的黄叶和红叶被午间的阳光照得一树金灿，秋意真的浓了。我随手拾起一片金黄夹酡红的落叶，放进羊毛外套口袋里。秋天虽好，总嫌短暂，留下一片黄叶，算是见证自己有过一个绚丽璀璨的秋季。

果然，隔不了几天，荷兰吹起晚秋常见的暴风，树木霎时秃了头，寒风飕飕，仿佛刺入骨髓，我把轻薄的棉衣统统收进五斗柜，风衣送洗，取出羽绒衣和克什米尔羊毛围巾，挂在玄关，每回出外以前总要把自己全身包裹得暖呼呼的，才敢踏出家门。

节气刚过“小雪”后不久，鹿特丹飘起今年第一场雪，我戴上毡帽，在盐粒般的细雪中，搭电车到市区，有两位朋友晚上要来家里吃饭。九月底初感秋凉时，我们一起在普罗旺斯度假，说好回荷后要约个时间交换照片看，转眼秋已经深了。

天气一冷，就想吃点热腾腾的东西，我打算上中国城的肉店买火锅肉片，做日式寿喜烧或中式涮锅，给两位荷兰朋友尝点东方味。兴冲冲地进店里，一问，肉片居然“卖晒”（粤语“卖完了”之意），难不成今晚鹿城有一半华人都要吃火锅？看来火锅是做不成了，三位大男人都是肉食主义者，没肉，可就怠慢了客人。

好吧，只好改弦易张，回头做洋食。做什么呢？原本一心想吃锅物，菜单都盘算好了，这会儿一下子没了主张，转往有机小超市一看，菜架上尽是包心菜、大萝卜、胡萝卜、韭葱、苦苣、抱子甘蓝等较耐寒的蔬菜，还有马铃薯、南瓜与各种蕈菇，夏季时盛产的菠菜、生菜莴苣、彩椒和茄子等，不但数量上少了许多，价格也贵，想是温室产品。水果摊上呢，不同品种的苹果、梨和柳橙、蜜柑堆积如小山，难得还有西班牙来的脆柿，金的红的，喜气洋洋。

在店里绕了一圈，缤纷的色彩看得人心情飞扬，灵感也来了，当下决定，就准备四道菜：生蚝、柿子佐意大利风干火腿、南瓜汤、白酒炖橄榄鸡；至于甜点，煮个红酒梨好了。这一顿晚餐的材料有海里采来的（生蚝），地里种的（柿子、南瓜、橄榄和梨子），山上熟成的（火腿），农场里养的（有机放养鸡），算得上“山珍海味”，而且是很适合秋季食用的养生晚餐。

不加任何中药材，如何说是“养生”餐？可话说回来，谁规定养生一定得靠药材？

先说生蚝吧。生蚝虽凉，却是秋冬滋补圣品。西方人传统上讲究只在英文拼音里带R的月份吃蚝，换言之，阳历五至八月不宜食用。据说在不对的季节吃生蚝，小则闹肠胃，大则会让人痛不欲生。这种说法虽嫌夸大其词，背后却有其道理，因为五至八月正是牡蛎产

卵季节，如果大伙儿在这时仍大啖生蚝，不就剥夺了牡蛎繁殖的机会？此一食蚝禁忌，其实反映了永续渔业的精神。

再者，生蚝本身自古来便被视为壮阳食品，这跟蚝肉的形状长得像雄性器官应该有关，不过倘若以科学角度来看，蚝肉含丰富的锌，而男性要是缺锌，精子数量就会不足，影响生殖功能，但不知先民是如何察觉这巧妙的联系的。

至于柿子，是我家秋季果盘上必备的水果，我从小爱吃柿子，可是碍于民间相传的柿与蟹不可同食的禁忌，一直以为柿子是“不好的”水果，直到近几年来对食材的天然疗效产生兴趣，翻阅中医相关数据才发觉，原来柿子味甘性寒，可养肺、清燥火、补虚、止咳、利肠和除热，特别适合在干燥的季节食用。

原来老天爷自有其安排，从食补的角度来看，当令的农产往往是最适合那个季节摄取的食物。好比说，秋冬天干地燥，芒果、浆果和西瓜等水果退场，取而代之的柿、梨、苹果和柑橘类水果，不是有生津、润肺之效，就是可以清热降火、化痰止咳，正是秋冬餐桌上的圣品。

这一天买的柿子来自西班牙，我拿来搭配邻国比利时的风干火腿。这灵感来自南欧一带的夏季开胃菜——甜瓜火腿，是有一年秋天在甜瓜下市后，灵机一动想出的主意。我改用与甜瓜色泽相似的柿子，除了取其色美之外，也想以柿之清脆甘甜，对比火腿之陈香咸润，结果颇受好评，从此成为我秋季宴客常做的小菜。

南瓜汤更用不着说，有什么比这道滋味朴实悠长的汤品，更有欧洲秋日的颜色和味道呢？根据中医观点，南瓜有防燥之效，可平喘、消肿、预防哮喘和支气管炎。前一阵子咳嗽得难过，煮了一大汤锅南瓜汤，喝了两三天，咳嗽果然好了，南瓜应该占有一部分功劳吧。

当主菜的炖鸡乍看与秋天无关，却大有关联。赋予整道菜特殊风味的橄榄，正是深秋的果子，在南欧产橄榄油的地区，看到青白色的橄榄色泽逐渐转深，人们便明白一年快到尽头，得赶紧采收橄榄来榨油，来年才有好油可食。橄榄虽是地中海一带的农产，但也可应用于汉方医疗，有清热解毒、化痰润肺的功效。

收尾的红酒梨更是秋冬绝妙甜品，梨对肺“好”不晓得算不算华人常识，记得小时天寒地冻时节，先母上粤菜馆子吃饭，常爱点上一盅冰糖川贝炖梨，说是可以清心降火、生津润燥，以致我如今一到秋季，只要呼吸器官稍有点不适，第一个念头就是该炖梨子来吃了。

这一晚的餐桌上，在座四个人中有一位明年要满六十了，即将走入人生中最圆融的冬季，其余三位则仍在享受生命最成熟的秋季时分。初冬也好，深秋也罢，每个季节都各有各的美好，且让大伙持叉举杯，以美食佳酿与温暖的友情，向季节、向人生致敬。

家宴代表我的心

仲夏时分，灿阳明丽，热爱阳光的荷兰人心情好像也放晴了，大伙变得更加和蔼可亲，更乐于和亲朋好友往来走动，不时相约聚会，社交生活格外活跃。入夏以来，我和丈夫几乎每个周末都有饭局，这一周去汉斯家，下一周给安玛丽庆生，再过两星期，约柏的弟弟一家四口要来，这是早就约好的，一个多个月前我们应邀去了一百公里外的他家享BBQ，礼尚往来，这一回该换为人兄嫂的洗手作羹汤了。

荷兰人一般习惯于在家宴请亲友，除了结婚或长者过大寿，自家应付不来太多宾客，否则少有到餐厅请客吃饭这回事，这一点倒是跟台湾不大一样。台湾外食方便，街头食肆林立，丰俭随意，在餐馆请客，简直是天经地义的事，不管大宴或小酌，大伙只管点好菜，便可以吃上一顿，吃饱或解散，或续摊喝酒、饮咖啡去，没有人会觉得东道主只需要掏腰包付个钱叫缺乏诚意。

荷兰人的想法却不同，在家请客往往比请人到高级餐厅吃饭，更能显露主人的诚意。这是因为荷兰一如绝大多数的欧洲国家，个人主义盛行，很重视个人和家庭的隐私，公私领域分明，如果是公务或生意上的酬酢，多半在餐厅解决，只有真正有交情的朋友才会受邀在家里聚会。对荷兰人而言，邀人到自家用餐是友情的表示，代表应邀者已被接纳为真正的朋友，不再只是点头之交。我就知道有不少人同事了半辈子，平日在工作上相处也无不快，却从来没有互相到对方家里做过客。

我客居荷兰，入境随俗，这会儿除了偶尔故乡老友来访，主动要求到外头餐馆尝尝台湾较难吃到的地道荷兰菜、意大利菜、法国菜乃至印度尼西亚菜，不然的话，早已习惯办“轰趴”，以家宴款待客人，甚且热爱在家烧菜请客，远胜过上米其林星级餐馆打牙祭。

我可不是天生劳碌命，喜欢往自个儿身上揽活儿做。偏爱在家请客，一来是因为在家里吃饭到底较不拘束，大伙无须正襟危坐，可以大口喝酒，大口吃菜，谈笑风生，痛快时纵情欢呼高啸两声，也不怕影响别桌客人，一点压力也没有。

再者，毕竟是自己家，整体环境较易于掌握。光拿一个听觉来说吧，有些馆子人声嘈杂，偏偏音乐也放得震天响，搞得大伙儿得提高嗓门说话，一顿饭下来喉咙都快哑了；有些高级一点的，是安静一点，偏偏放的音乐不合自己的品位，哼哼唧唧，听着活受罪。换作到自己家里，固然可以什么音乐也不放，但我更建议来点雅俗共赏的音乐衬底，如此在席间偶尔出现众人都突然沉默的空当时，场面不会太过尴尬。到目前为止，我发现巴萨诺瓦音乐是最十拿九稳的“安全牌”，当然啦，也是碰到过就是不爱Bossa Nova乐风的人，音乐这东西跟饮食口味一样，我之美馔、天籁，你之毒药、噪音，适己者珍吧。

也许是我交的朋友心地都特别好，这些年来，凡是来过我家吃饭喝酒的客人，尤其是习惯上馆子的两岸三地友人，都说轰趴可比在外头什么顶级餐厅吃大餐舒服多了，食物饮品当然是比较家常，可是气氛轻松自在，大伙吃喝起来更为尽兴，更能感受到友情的醇美，那可是大把银子买不来的。

我被捧得飘飘然，干脆就来厚着脸皮讲讲在家请客吃饭的小小心得。

首先，请客的人千万不要把自己当成煮饭婆或烧菜公，光只顾着在厨房里热火朝天地做菜，你是请朋友来家小聚，又不是开餐厅，主人埋首在炉前干活，并不表示盛情可感，反而会让人误会你其实不想和人家多聊聊，朋友会更期待你一起坐在桌旁，大伙边谈天边用餐。是以，我在家请客时，通常会选择适合事前就准备好的菜色，尽量不做需现场从头煮起且烹制费时的菜肴，比方说烧煮时必须不断搅拌的意大利炖饭就不怎么适合。

其次，最好事先便拟好计划，请客之前三天就开始利用工作空当，陆续采购材料、烹饪食物，而不要把所有事情堆到当天才做，以免到时压力太大。另外，我发觉，请吃西餐远比吃中餐更方便且有趣，中菜得备好一大桌子菜才像样，西餐的话，有四道就很丰盛了。

前菜不妨拌个海鲜色拉，敢吃生食的，可以买一大盒生鱼片，把鱼肉改刀切小，拌上橄榄油或榛果油、意大利香脂陈醋、柠檬汁、盐和胡椒、少许洋葱丝和切碎的洋香菜（即欧芹）或莳萝，盘底垫各色莴苣生菜，色拉上撒点切碎的榛果或松子，顶上撒一撮香草点缀就成了。不吃鱼生的，去店头买些肝酱、洋火腿、五香牛肉或熏鸡肉什么的，配上酸黄瓜、腌洋葱和芥末酱，再来几片烤得脆脆的面包，便是欧风冷盘。

夏季时分，上完冷盘，可以来份清凉消暑的西红柿冷汤，噱头十足，做法却简单到不行。以六人份为例，准备一斤半的红西红柿，去皮去籽，大部分切块，小部分切丁。西红柿块加上约一升百分百西红柿汁、一两杯冷高汤或凉开水，撒点盐和胡椒，掺上两小匙蜂蜜，用果汁机打匀后，倒进容器，混合西红柿丁和切丝的九层塔或罗勒，进冰箱凉透，上桌前盛至玻璃杯，加点罗勒叶，淋两滴橄榄油，中看又中吃。

主菜呢，就吃可以提早两天做好的炖煮类菜肴，好比红酒煨牛肉、红酒烧鸡或西红柿橄榄炖羊肉。上冷盘时，以小火重新加热这一锅肉，端上桌时附上一盆生菜色拉补充维他命，再多来棍子面包，用以蘸取浓郁的酱汁，或者索性煮锅白饭，满足非得吃饭才觉得饱的华人胃。

饭后甜点那更简单，不妨一天前就烤个奶酪蛋糕什么的，配茶和咖啡。家里没烤箱也无所谓，有一样最最简单的甜点谁都做得来，那就是酸奶冻佐水果。也以六人份为例，请客前一天晚上把约七百五十毫升的酸奶兑上一大匙半的吉利丁（事先加上约四大匙半的冷开水溶解），混合均匀，倒进模型中，放冰箱冷藏，第二天晚餐后倒扣至盘上，四周围以当令水果片点缀便大功告成。

一顿西式家宴下来，请客的主人待在厨房的时间只有二三十分钟，大部分时间都可以和客人一道悠闲地享用事先已大致准备妥当的家常菜，不但宾主尽欢，而且煮妇煮夫一点儿也不累。

请客吃饭，真的用不着什么“星星”，家宴更能代表我的心。

姊妹淘的下午茶

一个春天的下午，我和我的两位女友手上提着大包小包，全是在中环“血拼”的战利品，兴冲冲地搭着“的士”，直奔港岛南侧浅水湾的影湾园，也就是以前的浅水湾酒店。只要看过张爱玲的《倾城之恋》，应该都晓得这个地址。

然而我们急急忙忙，并非冲着上海白家六小姐流苏，当然更不为玩世不恭的范柳原。三点了，露台餐厅的午茶时间已开始，我们早就订了座，要去享用英式下午茶。

时为“九七”之前，香港仍是英国殖民地，当时旅游者想喝正宗的high tea，除了九龙的半岛酒店外，开在殖民风格洋楼里的露台餐厅也是顶尖的选择。

还记得那一天有一点凉，的士里气氛却很热烈。我们这三个不到三十岁的“轻熟女”兴高采烈地交换方才采购的心得，车里的温度被我们七嘴八舌这一搅，似乎都升高了。三个游客下了车，犹一路吱吱喳喳地走进餐厅。非假日的午后，室内上了六成座，有一桌像是恋人模样，一男一女，喁喁私语，其他桌清一色的女士，也是轻声细语，我们再怎么粗枝大叶，也不能不压低嗓门，随着侍者轻手轻脚走向预先订好的窗边座位。

几百米外是海湾，再往外就是南中国海。天色微蓝，云有点低，凉风习习，透过向外敞开的窗户拂在我们头颈上。侍者送上我们点的茶，是盛在银壶中的斯里兰卡红茶，点心随之上桌，搁在宝塔式上下共三层的瓷盘上，有小巧的手指三明治和几乎可以一口一个的小糕饼，还有热腾腾的司康饼，这个抹上果酱与浓奶油，香浓而不腻口，可美味了。

我们呼吸着凉凉的空气，啜饮热热的琥珀色茶汤，偶尔取一小块三明治或甜点，一小口一小口慢慢地尝，因“血拼”而激发的躁动与狂热逐渐沉静下来，神经越来越放松，感到闲适自在，不知不觉便敞开了心房，讲起了一些尘封的往事，还有各自最近在家里或职场上的不快。莉说，父母不喜欢她继续和门不当户不对的男友交往；华透露，近来有已婚同事对她示好，她对他也有好感，但毕竟对方有妻有子，她很彷徨；我呢，把自己考虑离职的事说了出来。大伙就这样一边讲着心事，一边互相出着主意。

那一次下午茶让我们从好朋友变成姊妹淘，而在那次香港行后不久，我也果然离开了工作好几年的机构，投入另一个原本并不熟悉的领域。华则痛下决心，约同事恳谈，表明自己不想伤害另一个女人，随即出国游学了半年。至于莉，隔了一年，总算说服了到底爱女儿的父母，嫁给心上人。

后来，我因工作的需要，奉派至英国采访。头一回至伦敦，慕名而去一家古老的酒店，喝它地道的顶级英式下午茶。那儿果然气势不凡，作派华丽，金碧辉煌，洋溢着传统上流社会的优雅风华。我独自喝着带着佛手柑香的伯爵茶，吃着比浅水湾那顿下午茶更精致的餐点，俨然坐拥着一屋子的古典风情，却感觉怅然若失。我想念我的姊妹淘。下午茶，实在不该一个人喝。

直到现在，我还是喜欢和我的姊妹淘一起去喝下午茶，我们从来不邀约各自的丈夫或男友。男人，请自己上酒吧，下午茶只属于闺中密友。

学舌记

有人问我，有没有在异国生活分外痛苦的经验？我呢，说好听点是生性乐观，说难听点则是神经大条，一时竟想不出这些年以来有什么特别不愉快的经历。后来左思右想，终于记起来，移居低地国后的第一个冬天，真有过一段苦不堪言的时光，而那一切痛苦全是学荷兰语造成的。

其实侨居荷兰，就算你不会讲荷语，在衣食住行日常生活方面，也不会因语言不通而产生严重的问题，因为英语在这里相当流通，全国有八成以上的人口英语尚称流利，还有很多人也会讲德语、法语。所以，只打算在荷兰工作或就学三四年的外国人，多半都觉得没有学荷语的必要。

我却是一搬来这里，就认清现实，于私于公，我都没有不学荷语的权利。

于私，我的另一半是土生土长的荷兰人，英语虽然讲得不错，但他的亲戚朋友未必人人都讲得口好英语，而我总不能一辈子都仰仗约柏替我把荷兰语翻译成英语，真要那样，他不累，我也会惭愧。

再者，我生来好奇，对不同的文化也一直有兴趣。说到底，语言是文化的根基，不懂荷兰的语言，却想要深入观察、进而领会荷兰文化的幽微和精髓之处，根本是不可能的事。因此我一早就明白，自己就算没办法学会讲一口标准地道的荷语，也一定要加强听力和阅读，这样才能竖直我的耳朵，“偷听”街谈巷议，睁大我的眼睛，观看芸芸众生，阅读书报杂志。

于公，由于我是以伴侣身份依亲来荷，算是移民。按照荷兰政府当时规定，为了让移民及早融入荷兰社会，新到移民必须上政府委托民间教育机构办的荷语班，一般至少得上六百个小时的课，课程结束后，并须通过语文测验，学习期间，学费全免。（相关规定这几年已有所改变，但大同小异，总之就是要鼓励且敦促新移民学习荷语。）

这个免费课程用意良善，我后来却没上，而在移居鹿特丹的一个多月后，自费改上政府也认可的台夫特科技大学（TU Delft）语言班。这一来是因为政府免费课程通常得等上好几个月才排到名额，我却想尽早学习，尽快在语言上自立自强。二来是由于约柏就在这所大学担任研究工作，对它的教学质量很有信心。

于是，我就报名参加台夫特的荷语密集班，开始学舌讲荷语。殊不知，这正是我人生最拼命也最痛苦的学习生涯的开始。因为这个语言课程是有名的魔鬼训练班，严格得不得了，而约柏跟我讲了它的一大堆成功例证，唯独没提这一点，据他自称是出自善意，怕我还没上就气馁了。

那年冬天，总共有两个多月时间，一星期有四天，天没亮我即出门上课（冬天早上八点多才东方大白），直到夜幕即将低垂才返抵家门，立刻开始K书，听辅助录音带，直至三更半夜，就连不必上学的星期三和周末也不能偷懒，照样得温书、做功课，不然隔天准跟不上进度。

我的一切嗜好，散步也好，听音乐或看书、看电影也好，统统都不得不割舍，连平日赖以暂时忘忧的烹饪之乐，常也得让给约柏去享受（虽然他觉得那比较像是工作）。简单地讲，几乎一整个冬天，我根本就没有生活可言，世界只绕着学习荷语这件事转。至于学舌过程中的难关和挫折，更是罄竹难书。

总之，算我运气好，痛苦了两个多月，终有了收获，我在两次进阶考试中，都拿到接近满分的好成绩。发表分数时，我比当年大学联考发榜考上第一志愿还高兴，苦尽甘来的滋味，毕竟不同凡响，而我在那段期间确实可比年少时准备联考还拼。

所谓学海无涯，研习荷语的经历让我对这句老掉牙的话格外有感触，因为直到现在，我仍然在学舌，离精通荷语，虽然还有一大段距离，不过起码这会儿，我搭火车时，听得懂邻座在八卦什么，翻阅报刊时，只要多查两次词典，便看得懂一篇篇的长篇大论，而亲朋好友聚在一起天南地北、讲笑话时，也能会心一笑，而不光是呵呵跟着傻笑，却搞不清楚自己究竟在笑啥。谢天谢地，那个冬天已成缥缈的回忆了。

是生小孩，不是生病

身边不少女性朋友，这一年来相继为人母。最年轻的帕特拔得头筹，去年秋天生了个巧克力肤色的欧非混血女娃儿；隔了两星期，韩裔的金也生了大眼小嘴的漂亮女儿；接着在初夏，卡西替她可爱的两岁女儿添了弟弟；最晚但铁定不会是最后一位生产的朋友，则是荷文班的巴西同学莉莎，结婚七年的她，前一阵子终于得偿所愿，生了一个娃娃，母子均安。

四位女友中，有两个在医院分娩，帕特和莉莎却是在家生产，医院连一天也没待过。在家生宝宝，听在我耳里像是天宝遗事，好像只有在我儿时，曾在故乡北投的大街上，看过“助产士”的招牌，即便是那时，也只有穷乡僻壤或经济不宽裕的人家，才会因为医院、诊所路途遥远或收费昂贵，请助产士来家接生，有些连助产士也不请，而由有经验的长辈帮忙。

在医学先进、贫富差距不大的荷兰，直到今天在家生产却仍时有所闻，且是医界鼓励产妇采用的做法。如果产妇只有二十来岁、三十出头，平日身体状况良好，而且产检一切正常，好比来自非洲的帕特，医生一般就会建议产妇在家分娩，在阵痛开始当天，由助产士或医生携带各种器械到府接生。医界的理由是，产妇是生小孩，不是生病，分娩也是一种自然现象，何必特地到医院去做一件在家里便可完成的事呢？

这样的想法，获得不少荷兰人的认同。帕特的荷兰丈夫当年也是在自家呱呱坠地的，对于在家生产的制度，举双手赞成。帕特呢，一向讨厌上医院，嫌那里“有股药水味，气氛又冷冰冰的”，自然也不会反对。

莉莎的例子则不大一样，她已经四十岁了，去年又流产过，虽然这一回产检都没有异常现象，医生却不敢掉以轻心，建议她到医院生产，以防万一。偏偏莉莎才阵痛两个多小时，好动的胎儿就等不及，拼命想钻出头来看看这世界。眼看着来不及赶到医院，已先来到她家待命的助产士当机立断，就在家里生吧！莉莎就这样在卧房里生下了宝贝儿子。

那天去莉莎家探望新妈妈和小婴儿，问这位高龄产妇在家生产害不害怕。“知道得在家生时，真的有点恐惧。”莉莎啜饮着据说有助产妇调养身体的巴西草药茶，一边说，“我好怕万一生产过程不顺，家里又没有医院的急救设备，搞不好会送掉一大一小两条命。幸好儿子很乖，没跟妈妈玩捉迷藏，一下子就生出来了。”

“不过，说实在的，真没想到在家生产感觉这么好，家人和宝宝都在你身边，感觉很温暖。听说在医院里，宝宝大部分时候得待在婴儿室里，只有被护士推出来给你喂奶时，才能让你抱抱，光想都觉得好可怜。”

那么下一回再生时，要不要索性选择在家分娩呢？

“能选择的话，我还是想在医院生，毕竟我年纪不小，属于高风险群，这一次是天主保佑，真有下一胎，就不知还能不能有这种好运了，还是小心为妙吧。”

我当场露出三姑六婆的原形，在一旁点头如捣蒜。生小孩，固然不是生病，却也不像洗澡、上洗手间那样，是天天都有的事，对吧？

圣尼古拉斯VS圣诞老人

世界各国都有不少保护这个、保存那个的组织，好比“保护野生动物协会”“消费者保护协会”或“文化资产保存协会”,等等。有一个组织却极可能是荷兰所独有，大多数华人读者不但听都没听过，就算听人提起，恐怕也搞不清楚它到底是什么性质的团体，那就是“保存圣尼古拉斯节协会”（De Vereniging tot Behoud van Sinterklaas）。

圣尼古拉斯节是个什么玩意？这个节日又为何需要

“保存”？

顾名思义，圣尼古拉斯节显然在纪念某位叫尼古拉斯的圣徒。据考据，圣尼古拉斯确有其人，是公元四世纪时现今之土耳其某地的主教。他生性慈悲，终生致力济贫，尤其爱护儿童，据说还曾经使三个儿童起死回生。这位主教逝世于某年的十二月六日，荷兰的圣尼古拉斯节也就定在这一天。

这样一位天主教圣徒何以成为荷兰民间传说的主角，其缘由如今已不可考，我们只知道，传说每年到十一月中旬，蓄着一把银白胡须的圣尼古拉斯，便会身披红斗篷，头戴主教冠冕，骑着白马，率领好几位一律叫做“黑彼特”的黑肤助手，从西班牙航行到荷兰，展开一年一度的低地国之行。

他们一待大半个月，要到十二月六日才会扬帆而去。临行前夕，也就是十二月五日深夜，趁着人们都还在熟睡，圣尼古拉斯会派黑彼特从各户人家的烟囱爬下，分送礼物给乖巧听话的孩子。

直到现在，荷兰的父母仍会把这个故事告诉他们年幼的孩子，而天真的孩子还真信呢。不然，你要他们

如何解释，节日当天一早醒来，为迎接黑彼特而特地摆在门边的鞋子里，怎会真的出现自己梦寐以求的玩具或其他东西呢？他们多半要到七八岁，才会渐渐察觉，圣尼古拉斯只是位古人，而门边那些小礼物根本是长辈的爱心。

不过，话又说回来，这故事好像也不怎么特别，听来跟圣诞老人的童话差不多。没错，这两位老先生正是同一个人。只不过，根据荷兰的说法，圣尼古拉斯是“本尊”，而圣诞老人是其“分身”，乃三四百年前移民到美利坚的欧洲人穿凿附会而产生的童话人物。

可惜，除了荷兰人、比利时的荷语人口和一部分的德国人，世上大多数人恐怕都不同意此一说法，毕竟圣诞老人几乎人人耳熟能详，而圣尼古拉斯，对不起，从未听说过。

就连荷兰人自己，似乎也越来越不重视这个深具荷兰乡土风味的传统节日。根据前面提到的“保存圣尼古拉斯节协会”调查，如今年轻一辈的荷兰人喜爱圣诞老人胜于圣尼古拉斯的，占了多数。为此，协会发表公开信，并发函给荷兰国会，吁请国会正视圣尼古拉斯重要性日渐低落的现象，毕竟今日的年轻人将是明日的父母，如果连他们都不支持圣尼古拉斯节，日后不把这个故事讲给他们的孩子听，有关圣尼古拉斯的传统文化终将湮灭，再也追不回。

为重新唤醒民众对这项荷兰传统节日的重视，该协会有几点建议，比方，把圣尼古拉斯节的前夕，亦即十二月五日，定为国定假日，荷兰家庭一般都在五日晚上团聚一堂，交换礼物。另外，协会也提议，应禁止在十二月七日前公开展示圣诞老人的形象，以免混淆视听，令人分辨不清何者才是“正宗”。

这封信乍看像个玩笑，仔细一想，又不好笑了。“保存圣尼古拉斯节协会”虽未明讲，他们的忧心忡忡其实反映了荷兰保守民族主义人士的心声。他们所担忧的是，美国大众文化在荷兰越来越强势，“本土”文化相对逐渐消沉，总有一天，荷兰的青少年会臣服于美国大众文化。

然而，“美国化”的现象，并非荷兰所独有，随着网络和各种视听科技的普及，但凡好莱坞电影、影集、流行音乐录像带等所及之处，不管是哪一洲、哪个国家，都看得到穿着宽松牛仔裤的年轻人，嘴里不时说句“Hey, Man!”唱歌时一开口先来段RAP，两手的拇指、食指和小指还会竖直，就像音乐录像带里的饶舌歌手那样。这副景象，传统人士看在眼里，真是胆战心惊。

说实在的，我并非美国大众文化的拥护者，不大爱看好莱坞电影或美国影集，饶舌歌也好，嘻哈乐也好，也统统非我所喜。但是我得说句良心话，不论你能不能接受，美国大众文化遍及世界，已经是大势所趋，想要动用公权力阻止，怕是痴人说梦吧。

辑二

在
世界的角落

遇见世界

微笑的眼睛

那一年，老友易智言导演的《寂寞芳心俱乐部》入围鹿特丹国际影展，挂名助理制片的我，临时拿到赞助机票，匆匆飞到荷兰，就这样毫无心理准备地来到陌生的城市。

还记得那是个酷寒的隆冬清晨，我一个人拖着偌大的行李，抵达鹿城。一出火车站，一阵凛冽的寒风便迎面扑来，我打着哆嗦，四下打量，星期天早上八点，北温带高纬度城市犹未破晓，街头人车稀落，只见一幢幢方方正正的办公大楼，占据了马路两旁，大楼的灯大多熄着，黝暗而阴沉，一丝生气也没有。

在旅馆放下行李，办好了影展来宾证，拿到了市区简图，决定先四处走走，了解一下环境。我在市中心逛来逛去，看到了更多的水泥或金属材质的现代楼房，古色古香的房子寥寥数幢而已。我走着走着，忍不住纳闷起来，头一次到欧洲旅游时，造访过荷兰，在阿姆斯特丹待了两三天，记忆中那个运河纵横交错、水面倒映着优雅建筑的郁金香国度到哪里去了？

后来才晓得，鹿特丹在二次大战时遭到轰炸，闹区的古老建筑泰半付之一炬，只留下市政厅、邮局和大教堂等少数几幢，奇迹似的逃过一劫，耸立原地。我走在市中心，举目所及多半是现代公寓和商业大楼，旅游咨询中心建议我要去逛逛全球第一条行人徒步街，可那一片是五十年代的双层水泥楼房，在我看来却是灰扑扑一片，丑得可以。（多年之后我明白了，这一片楼宇在战后十年便迅速开发完成，在鹿城人心目中有浴火凤凰的意义。是我肤浅，当时只见皮相，并不了解这段历史。）

我越逛越觉无趣，不想再浪费时间，顺着原路回头，盘算着要在开始赶场看电影前的空当，找个地方喝点东西暖暖身子。在小街的角落发现一家小吃店，也供应冷热饮，有人坐在窗边，正喝着一大杯咖啡，很暖和的样子。我折进小店，坐定后先点了牛奶咖啡，看见柜台下方的冷藏柜堆满各式各样的火腿、奶酪、色拉，想起来荷兰的奶酪很出名，午餐时刻也快到了，再点份奶酪三明治算了。

送餐来的年轻女孩，有双慧黠的大眼睛，琥珀色的眼瞳中带着盈盈的笑意，一看就是性格亲切又开朗的人。店里生意挺好，有很多顾客站在外卖台前，等着现做的三明治。女孩放下我点的东西，含笑用英语说了“Enjoy your meal”，便回到柜台前忙别的去了。

端到我桌上的三明治，不是想象中的三片白吐司，夹着两片奶酪，而是一个比手掌略大的金黄脆皮面包，横切为两半，中间夹着奶酪、黄瓜片和莴苣生菜。面包是温热的，一口咬下去，酥脆的面包皮屑，纷纷从唇边掉在白色的瓷盘上。翠绿的黄瓜片和生菜清脆爽口，嫩黄色奶酪柔软油润，一脆一软，滋味和质地既呈对比却又相容。“想不到这个乏味的城市，还有如此美味！”我模模糊糊地想着。

接下来的几天，我几乎每天中午前后，都会来这小店喝杯咖啡，吃个三明治，每天换不同搭配的馅料，但里头必定有好吃的荷兰奶酪。算起来，在那段时间里，除了下榻的旅馆和电影院以外，整个鹿特丹市，我最熟悉的应该就是这里，还有那双含笑的眼睛。

临走的前一天，直到下午两点多才有空吃东西，信步又到小店，午餐时刻已过，店里没什么人，女孩一派悠闲，坐在柜台后，看到我来，立刻起身，走到桌前，说：“今天比较晚喔！外面好冷，要不要先来杯咖啡御寒？”

送来了我的咖啡和三明治，女孩好像没有离开的意思。“你是来参加影展的吗？”

“是呀，我是从台湾来看影展的。”

“哇，台湾，在亚洲，那很远哪！我最远只到过西班牙，希望哪天有机会到亚洲去。”女孩天真地说，“你喜欢鹿特丹吗？”

我沉吟着，不知道该不该讲实话。“影展还蛮精彩的。鹿特丹则和我想象中不大一样。”我望着女孩的身后说。就在这时，发觉柜台收银台的旁边，新摆了陈列架，挂着一排青花瓷柄的钝三角形刨刀。“那是奶酪刀吗？”我指指那里。

“是呀，昨天才进货的，有老板的亲戚在做批发，帮着卖卖看。”

我取过一把瞧瞧，虽是工厂成品，做工倒不粗，青花图案也不俗，干脆买下来吧！反正这个城市以后也不会再来了，就用这把刨刀，纪念在小店吃到的香浓奶酪和这个眼睛会微笑的异国少女。

刨刀就这样被我包在纸袋里，收进行李箱里。回台北后才发觉，这样的一把荷兰刀，在台湾根本无用武之地。台北买得到的奶酪，多半是一片片处理好的，哪还需要自己用刀去刨啊。那装着奶酪刀的纸袋，被我搁到抽屉的角落，慢慢也就遗忘了。

后来的四年，我的人生绕了一个大弯，中间发生了很多事情，带着我一步步地离开原本熟悉的轨道，最后竟把我带回到鹿特丹，这个我曾矢言不再踏足的地方！

跨海搬家前，搜出完好如新的这把刨刀，往事霎时如潮水般重回脑海。我手握着青花瓷的刀柄，不禁失笑，笑命运之不可逆料，也笑自己当初只看到了这个城市的百分之一都不到便遽下结论，武断地判她“死刑”。回想起来，真觉得自己当时简直无知。

在鹿城安顿下来以后，重访小店，并没见着那张亲切的脸，我却不觉得怅惘。人生本如萍聚，凡事无法强求，何况，那双会笑的明眸还活在我的回忆中，或许当时它们便已看出，这个孤独的旅人，有朝一日会回到这个城市，并且，住了下来。

ROTTERDAM
swatch

鹿特丹时光

头一回是在亚德的手腕上，看到SWATCH在二OO二年特为鹿特丹设计制造的这款手表，马斯河畔的天际线从表带迤逦至表面，鹿城著名的地标几乎都在上面。

亚德是土生土长的鹿特丹人，一直以身为港都子弟为傲，八九年前却为了迁就妻子的工作，举家搬到七十多公里外的小镇。可亚德毕竟无法忘怀孕育他的这个城市，一有空便驾着车，带着妻儿，奔回鹿特丹，要么逛街、上馆子，要么只是到河边散散步，再看看故乡几眼。

这款手表推出后不久，位居高职领高薪的亚德立刻买了一只，天天把鹿特丹的地貌戴在手腕上，也不怕别人笑他都是事业有成的中年人了，还戴这种花哨的平民表。

第二次看到这款表，在S的手腕上。她是我朋友的朋友的朋友，因为跟我一样，爱上了一个荷兰男人，而辗转找到了已远嫁异国的我。我和她通过好几封邮件以后，隔了大半年，终于在港都见了面。当时她正趁着转换工作的空当，来到低地国探望男友。

一个多月匆匆就过去，S回台前夕，又和我见了一面，整个人落落寡欢，似乎在为即将和情人分离而黯然神伤。“昨天，他送了我这个。”S把衣袖往上拉了拉，露出手表，“他说，希望我不要忘了荷兰，不要忘了他。”

第三次看到这表，则是在SWATCH专卖店里。当时我即将返台探亲，行前抽空到市中心买些土产带给父亲。经过表店时，突然想起这表，没多考虑就进了门，买了一只。在台湾期间，我也每天戴着，只因为在那表带上的万家灯火中，有一盏正照着我心爱的人，他正在港都的一角，等着我回到我们的家，一同分享鹿特丹时光。

托斯卡纳黑公鸡

这条墨绿色的围裙胸前绣了个圆标章，红色的大圆里圈着明黄色的小圆，当中用黑线绣了只公鸡，似正喔喔啼叫。这黑公鸡是托斯卡纳“古典基安蒂”（Chianti Classical）酒区的通用商标，红酒瓶上一有这标记，价格就只会高，低不下来。

围裙是悠娜和瑞琪送的，看到它，就想到这两位朋友，以及我们在托斯卡纳共度的好时光。那一年，我和约柏应邀到佛罗伦萨南边的基安蒂，拜访她们，这两

GALLO NERO WINE CLUB
CHIANTI CLASSICO

位在山上租了一间老屋度暑假。抵达第一天，我就自告奋勇，表明乐意掌厨，最好顿顿饭都让我来烧，大伙儿想吃什么，吩咐就是。悠娜和瑞琪却不同意，“你是客人，怎么可以叫你当厨娘？”

她们哪里晓得，在真正的意大利厨房里烧意大利菜原是我的一个梦想，这会儿好不容易有了圆梦的机会，真舍不得错过。经解释后，她们才欣然同意，于是接下来那一个星期，白天我们要么开车到邻近的古城逛逛，要么就在老屋后山的树林走走，或倚在院子的躺椅上看书、晒太阳，晚餐就多半由着我大展身手，把以前在佛罗伦萨烹饪学校学来的菜色，统统拿出来献宝。

假期结束前一天，悠娜和瑞琪神秘兮兮捧出一只礼盒，叫我打开来，里头有红酒、干酪、腊肠等基安蒂土产，还有这条围裙。之前两天，我们一起到山脚小镇逛街时，我曾指着橱窗里展示的围裙，说：“瞧，红配绿，好抢眼，这公鸡八成刚喝了酒，精神抖擞，真可爱。”

我只不过随口闲扯两句，她们却很有心，不知何时，买下了围裙。我很感动，应该是我谢谢她们，带给我这么美好的山居时光，又让我圆了梦，可我嘴笨，竟说不出感谢的话，只能给两人大大的拥抱。

巴黎的羊毛披肩

忘了到底是在哪年买了这条羊毛披肩，高田贤三的品牌，他是活跃于巴黎的日本设计师。虽是Kenzo，却没有他一贯的花团锦簇、热闹缤纷，深蓝底配浅灰蓝色花，十分暗沉、低调，后来想想，这说不定反映着我当时的心情。

总之，那是我仍在台湾一家大报社上班时的事。那几年，我跑娱乐新闻，日常接触的有影坛才子、歌坛美女，因为工作之故，我常和他们同坐一桌，喝酒吃饭，

称兄道妹，生活过得五光十色极了。然而我打心底感到格格不入，老觉得自己永远只是在称职地扮演一个角色，过的并不是属于我的真实人生。

依稀记得，似乎是在一个冷锋过境的冬日，买了这条披肩，也许当场就披上了。可过两天，冷锋走了，台北的气温又恢复到二十度以上，披肩也就被我束之高阁，偶尔拿出来晾晾，怕它长霉。

有年圣诞节前，临时被派往伦敦采访一个美国大明星，结束公务后，特地绕道巴黎，探望当时正随丈夫在那儿进修的朋友。我只带了一只小小的皮箱，里头有几件换洗衣物、两本书，临出发前，突然想起来，从衣柜里翻出这条大披肩，塞进箱里。

幸亏有它。在巴黎那三天，每天的气温都在三四度，在亚热带土生土长的我把它披在肩上，绕在颈间，更冷时索性包在头上，总算没有冻着。

有天，和朋友坐在圣洁曼德沛点着煤气暖炉的半露天咖啡座上闲话家常，朋友娓娓说起在巴黎的穷艺术家生活，“良忆，你知道吗，我从来不知道生活可以过得如此简单，心灵却可以如此丰富，这辈子我第一次过着自己想要的日子。”冷空气在我们的周遭流荡，我望着那张平静而满足的脸，拢了拢颈间的披肩，好像明白了她的意思。

过了几个月，我做了人生截至当时为止最冒险的决定：辞去其实做得半点也不费力的高薪工作。

母亲的风衣

这是件款式传统保守的风衣，卡其色，双排扣，后摆开衩。褐色方格的内里衬布则让熟悉品牌的人，一望即知它是伦敦的老牌子。

它原来不是我的衣服，虽然的确是我多年以前在香港买的。当年我还挺年轻，却已有了稳定且收入不低的工作，因此也像当年许多爱赶时髦的台湾白领女性，老爱往香港跑，香港当时可是时尚之地呢。

有年冬天，趁着春节假期，又到香港。港岛的气候

一般和台湾差不多，冬天不怎么冷，可那一回偏巧碰上冷锋过境，亚热带的香港竟然凉飕飕。抵埠那天傍晚，我从港岛搭地铁过海到九龙，一出地铁站，就被风吹刮得直打哆嗦，身上那件羊毛薄外套根本不挡寒，干脆拐进购物中心，逛街兼取暖。

就这样瞎逛到精品店，一眼看见这件Aquascutum风衣，我知道母亲一直想要一件英国老牌风衣，却嫌贵，舍不得买。在那之前几年，家里经济出了问题，母亲颇吃了点苦，那会儿难关虽已过了，但她心有余悸，对钱仍很小心。

我考虑了半晌，毅然花了近半个月的薪水，买下了这件风衣。记得当时安慰自己，不贵不贵，这风衣不但可以孝敬母亲，我在香港这几天还可以“借穿”一下，借以抵挡来自西伯利亚的北风，疼惜女儿的母亲想来不会介意的。

母亲果然一点也不介意，而且很喜欢这件礼物。台湾难得天冷，但只要一有寒意，母亲就会穿上，旁人倘若称赞两句，母亲就会说：“是良忆买给我的。”

SARS那一年，母亲因病猝逝。整理遗物时，姊姊说："风衣是你送给妈妈的，你拿走吧。"我默默收下，没有多说什么。这风衣算来已有十多年的历史，却保养得很好，像是簇新的，母亲显然很珍惜。

我带着风衣回到荷兰，碰到下雨又起风的日子，出门总爱披上。不知有多少个萧飒的秋日，多亏了这件风衣替我挡风遮雨，给了我一点温暖，可是每逢这时，我却又总是希望，那一刻穿着这风衣的，不是我，而是我的母亲。

小樽的玻璃樽

家里的食器橱明明快爆满了，约柏和我前两天上街，却仍忍不住买了四只仿宋的薄胎影青瓷杯，打算用来喝从台湾带回来的高山乌龙，好茶仍需雅器衬，不是吗？然而这会儿不能不把橱柜好好地清一清了。夫妻俩趁着周末有空，痛下决心，挽起袖子干活，好多器皿许久未用，可以送人的就送人，该丢的一定要丢，一定要挪出地方安置新瓷。

我们合力清出好几只印着啤酒商标的玻璃杯，一个瓶口有缺损的陶土瓶，还有两只超大的威士忌杯，这些都是多余的，全得丢。“欸，还有这个。”约柏从柜子上层最里侧，掏出一樽玻璃酒茶壶。“好久没看到了，你刚搬来的时候，用过三四次而已，不大实用，丢不丢？”

“怎么可以丢？”我一把将酒壶夺过来，站到踏脚凳上，取出也在里侧的两只搭配的小酒杯。“这是我妈送的欸，我们去北海道玩时买的，算是给我搬家的小礼物。”

“哎呀，骗你的啦。”约柏看我急成那样，笑嘻嘻地说，“当然不会把丈母娘送的礼物丢掉，我还记得用这酒杯来喝你说的那种特别的清酒，很好喝的。”

这组酒器共一壶双杯，正好供两人对酌。酒壶是无色玻璃材质，外缘凹凸不平，有一条条不规则的细纹，望似粗糙，摩挲时却不涩手。壶口窄，身宽，形如西洋梨，圆滚滚的肚子挖了个“洞”，用来搁冰块，可冰镇清酒，融冰又不致稀释了酒味。两只同材质的小杯则是杯口大，杯底窄，似两朵百合。它们是我在小樽运河旁的玻璃工艺品店里，和妈妈挑了很久才决定买的。

那是千禧年初春的事，我在好友的鼓动下，陪着妈妈，伙着五位朋友，参加旅游团到北海道一游。我对团体旅游一直有排斥心理，那一回却欣然同意跟团，一句异议也没有，因为那时我已申办移民荷兰的手续，一等签证下来，就要搬到欧洲，像一位朋友讲的“为爱走天涯”了。

北海道之行，对我来说，有点像是远渡重洋前，陪着至亲的母亲与知己的朋友，以单身女郎的身份作最后一次的旅行。在这样的心情下，是不是跟团，去哪里，似乎都不是那么重要，我只想和妈妈、朋友一起随意走走，吃吃拉面，这样就可以了。

妈妈对这趟旅行兴致勃勃，比我热衷多了。出生在日据时代末期的她，和爸爸结伴去过许多地方，唯独没到过日本。这个国家有她七岁前被教导应尊崇的“天皇”，对来自江苏的爸爸来讲，却代表国仇家恨，是他最憎恨的“小日本”。

自抵达北海道的第一天起，妈妈便好奇地寻觅探看各式各样有东洋风味的事物，好比鸟居、神社、和服和木屐，偏偏北海道开发得晚，兴盛时期又适逢日本大量引进西洋文化的明治时代，旅行团足迹所至的地方，多以西洋风取胜，妈妈一路看，一路喟叹“怎么不像日本？”我自大学毕业后即离家独居，多年未与妈妈朝夕相处，直到那会儿才发觉，六十出头的母亲，原也有哈日情结。或许，她在找的，是她的童年记忆吧。

行程倒数第二天，我们到了小樽，我一下车，便浮起一股熟悉的感觉，在旅行中第一次觉得“欸，我喜欢这个地方”。原来，那静静流淌的运河，河畔古意盎然的西洋式仓库建筑，都神似我即将移居的水乡，我未来的家也是在水岸，也是一幢内部翻修成公寓的老仓库，而且和小樽的仓库一样，都兴建于十九世纪末叶。我的心，霎时从东方飘到了西方。

“很像我以后的家喔！”我一边对妈妈讲，母女俩一边走进“北一硝子”，参观玻璃工艺品。我想要买装冰清酒用的玻璃瓶，想象着在红砖仓库公寓的窗前，浴在夏日的阳光下，和心爱的人共饮凉透的佳酿。我先前在台湾一直没看到中意的，在荷兰则连见也没见过，得趁着来日本玻璃名店的机会，好好挑一套。

母女俩在店里转来转去良久，总算选中了最喜欢的一组。我正欲付账，妈妈却伸手拦住，说：“谢谢你邀

我来日本玩，让我偿了心愿。你快搬家了，也没什么可以给你的，这就算送给你的搬家小礼物吧。”说完付了账，径自到别的角落溜达。

临回台湾前，妈妈在机场等候室又递给我一瓶纯米大吟酿，“光有酒器不行，还得有酒才对。这是送约柏的，说是得了金赏的名酒哦，带到荷兰去，两个人一起喝吧。”我默默地收下，讷讷地道谢。

从北海道回台不到一个月，我拿到签证，飞到了荷兰，随身的行李里，装着妈妈给女儿和未来女婿的礼物。那年的初夏，我和约柏果然在水畔的长窗下，多次用小樽的玻璃樽，盛装清凉如泉的大吟酿，小酌谈心，总觉得那淡雅的酒味尝在舌尖，似乎有股既欣慰又依依不舍的情分。

可惜那酒再美，也只够喝几回，没有了佳酿，暂时也就用不了搭配的酒器，我把玻璃樽收进橱柜的深处，盼着哪一天能和约柏同去日本，再买它两瓶大吟酿，以回味千禧年的夏天，还有之前的那个春天一次短短的旅行。

“听你一讲，我好怀念丈母娘送的清酒哦。”约柏听我讲完小樽的事，帮着我把酒器移到橱柜中层显眼的地方，说："也许不必去日本，市场附近那家日本店，会不会也有得卖？过两天一起去找找看吧，说不定这套酒器马上又要派上用场了。"

后记：写完这篇文章的一年后，我的母亲就过世了。按照时间推算，在母女同游北海道时，其时或仍微小的肿瘤或已开始悄悄地在蚕食我亲爱的妈妈。

我的记忆密码

常觉得人的脑袋像密封的魔法宝盒，里头藏着无数的奇思妙想，有当下这一刻的念头，对明日的憧憬和期待，还有对昨日的记忆，其中往事的回忆恐怕占了很大一部分，毕竟人的一生是以珍贵却短暂的今天、未知的明天和许许多多的昨天所组成的。然而昨日一天天过去，久而久之，累积的往事多到数不清，有些往事尘封已久，记忆渐渐模糊，到头来索性整个遗忘。

所幸，我们还有启动记忆的“密码”，输入了密码，密封的宝盒便打开了，幽渺的往事也就随着慢慢恢复的记忆，一件件回到眼前。这个密码往往不是一组数字，更可能是一首歌（听觉）、一个画面（视觉）或一种气味（嗅觉），也有人的记忆密码是一种味道，好比说，法国文豪普鲁斯特。

说到味觉召唤往事的力量，普鲁斯特的《追忆似水年华》应是文学上最著名的例子。一口椴花茶和贝壳形玛德莲蛋糕，让他冷不防想起童年往事，回忆如潮水般涌来，文豪逆着时间的洪流而上，爬梳过往的种种，写成了这一部文学巨构。

我的才华当然不及文豪的千百分之一，和他唯一相通之处，或许只有味觉这个密码吧。对我这个馋人而言，食物不单只是维持生命的事物与感官的享受，它更是唤起回忆的密码，常让我不期然忆及往昔时光，并感到生命因林林总总、或苦或甜的往事而更加充实。

最早给我留下深刻印象的食物，是一种六芒星形的甜饼，如今推算回去，吃到那饼时我才四五岁。当时我们全家从新北投去台北市西门町逛街、上馆子时，爸爸只要一看到那位脸孔黑黑的摊贩立在骑楼下，便会买上好几个，爸爸告诉我们，这饼叫作“金刚蹄”，是江苏老家的特产，他在台湾其他地方都没见过，恐怕就只有这位小贩会做吧。（晚近，我上网搜寻，发现它的真名应该是“京江脐”，只是给爸爸的乡音一念，变成了金刚的蹄子，倒是呼应了上海人的叫法——“老虎脚爪”。）

金刚蹄（或京江脐、老虎脚爪）的外壳金黄略硬，内里是发酵的白面，带股甜香，我第一次吃，觉得有点像妈妈拿来擦脸的“雪花膏”，听爸爸解说才明白那其实是桂花香，来自糖渍桂花。爸爸买完饼，多半会跟那小贩聊个一会儿，他们用家乡话交谈，我似懂非懂，只知爸爸捧着那一大包甜饼，带着一家大小在前往餐馆的路上，常会摇摇头，不舍地对妈妈说：“这老乡也可怜，糊里糊涂来台湾，没手艺，就会做这个。”

年幼的我自然不能理解爸爸的言外之意，成年后，台湾的政治环境大不同于肃杀的戒严时代，我阅读文史资料后方逐渐明白，那位与父亲同乡的摊贩，应是退伍的国军低阶士兵，正是俗称的“老芋仔”。他或许是在国共内战时期被拉夫渡海来台，更说不定是农家子弟，大字不识几个，除种地耕田外别的都不会，只好凭着昔日看母亲烤饼的记忆，做出了家乡味，赚点小钱维持生活。当时也刚从军中退伍不久的爸爸经常关照他的生意，一方面是怜惜老乡在台举目无亲，另一方面或也是想重温儿时滋味吧。

幼时的我有点偏食，一般不喜甜食，那桂花饼不很甜，我吃着香，是少数我会主动索求的点心。后来不知怎地，有好一阵子没再吃到，有一回我吵着想吃，爸爸干脆带我专程到西门町，父女俩在小贩原本固定出现的几处骑楼找来找去，就是不见其人踪影，爸爸不死心，跟附近商家打听，都说好久没见到，“该不会已经不在了。”记得当时我很失望，可是看到爸爸脸上凝重的表情，很乖觉地并未吵闹。

从此以后，我再也没尝到金刚蹄，但是它那股浓浓的桂花香和淡淡的甜味，却仿佛始终留在我的舌尖，以后我只要一尝到糖渍桂花的味道，就会想起那些仍吃得到金刚蹄的时光，还有爸爸带着我大街小巷寻找金刚蹄的那个下午。他的大手紧紧牵着我的小手，如此坚定，他并没有多说什么，只是借由温暖的手心，把慈父的爱默默传递给年幼的小女儿，让她感受到一种确切而深邃的安全感。

金刚蹄虽已成绝响，所幸还有记忆留存在宝盒中，只要味觉密码稍加提示，盒盖便应声而开，中年的我便立刻回到那早已消逝的童年。

弱势的声音

记得刚来鹿特丹不久，就发觉车站、百货公司这一类人潮较多的地方，常有一些衣衫整齐却稍显破旧的人，在那儿兜售着一本薄薄的刊物，叫《街道杂志》（*Straatmagazine*）。

一问之下才知道，这可不是本普通的杂志，贩卖杂志的亦非一般小贩。《街道杂志》原来是专门给游民办的杂志，而兜售杂志的都是这些无家可归的人。它的性质和宗旨近似于英国的*The Big Issue*杂志和台湾后来才有的《大志》，但言论更非主流一点。

荷兰虽是实施社会福利制度的国家，大都市里却仍有不少的游民，他们基于种种的原因，没有工作也没有家，有的因不愿登记固定住处而被排除在救济制度之外，有的则是不愿接受救济，就这样沦落在偌大的都市中，蜷缩在阴暗的角落里。

上一世纪的九十年代中叶，鹿特丹有个机构决定仿效外国的先例，创办《街道报纸》，后来改名为《街道杂志》，两周出刊一次，不收订户，仅限零售，并且不在书报摊发售，而只由游民在街头贩卖。游民只要先向杂志社登记，经审核取得资格后，就能挂起特许名牌，在路边兜售杂志，售价为每本一块五欧元，游民每卖一本可以赚五六毛，或者再多一点——我注意到有不少人都是给两块硬币，不用找零。

发行这杂志的机构其实也算是慈善团体，只是做法比一般慈善团体更积极些，不光是消极济贫而已。我对这做法满认可的，因为这不但可以帮助游民早日自力更生，更可让游民走出自我封闭的世界，和一般大众恢复接触，跨出重返社会的第一步。

何况，就文论文，《街道杂志》还挺好看，它的编辑群和撰文者中，不乏有才华的游民，这些长居社会底层的非主流边缘人，对社会的政经文化问题自然有非主流乃至边缘性的看法，读惯了一般主流杂志，会觉得《街道杂志》的观点特别值得深思。

如今，我常买这份杂志，一方面想对不及我幸运的人表示点心意外，另外也想多看点不同的见解。这世界到底不光属于成功者或强势者，所谓的失败者或弱势者也有发言的权利，而我想听听他们的声音。

漫步林间

晴朗的冬日午后，又到森林散步，一地的落叶，最上层躺着球果和橡实，我随手拾来几颗，回家后洗了洗，放在阳光下晒干，收进一只浅陶碗里，摆在书架一角，算是提醒我，生活里还有好多简单的乐趣，等着我再去挖掘。

我和丈夫都热爱走路，尤其喜欢到野外走走，让久居都市的身心接触一下大自然。逢到假日，如果没有其他非办不可的事，两口子就会拿出地图，商量着要去哪里散散步。对于目的地，我通常没什么意见，只要有很多的树就好。

于是，选中的目的地，往往是森林。

荷兰的森林里面并没有毒蛇猛兽，只看得见蝴蝶和松鼠，还有枝头的鸟儿，运气特好的话，也许可以瞥见鹿飞跃而过的身影。算起来，森林里最多的动物，是在林间漫步的人类以及他们带来的狗。幸好，散步的人虽不算少，森林里却不会嘈杂，喜欢自然风光的荷兰人大抵上是爱静的，没有人会煞风景地高谈阔论，偶尔有较高亢的声音，那是在叫狗儿别乱跑。

在森林里散步，总让我体会到一种单纯宁静的快乐，像是心灵重返了原始的居所。想来也是，在一切移动的形式中，不疾不徐的步行速度，应该最符合人的本性，毕竟久远以前，在所谓未开化的时代，我们的老祖先都是靠着自己的双腿，走遍天涯海角。

厨师书店

伦敦的诺丁丘有条出名的波托贝罗路（Portobello Road），平日还算安静，到了星期六，路上的古物商家便在原就不宽的马路两旁摆起摊子，伙同更多的临时摊贩，陈售真真假假的古董和林林总总的纪念品。每逢这一天，长长的街道人潮汹涌，用万头攒动来形容，一点也不为过。

差不多就在路的中段，和它交叉的一条小街上，有家小小的书店，号称“全世界味道最好闻的书店”，那就是创立于一九八三年的厨师书店（Books for Cooks），我只要去伦敦，就一定会造访这家书店。

所谓“最好闻”，或许讲得太夸张。可是如果你跟我一样，也是个好吃的书迷，十之八九会认同这个说法，因为一走进狭小的店面，一股食物的香味便扑鼻而来，有时是浓缩了阳光滋味的意大利橄榄油香，有时是芬芳的泰国香茅味，要是去的那日天气严寒，那么店内飘扬的，就很有可能是勃艮第红酒炖肉的浓香。

不同的香气都酝酿自后侧的小厨房，除了公休的星期日，每天都有两位厨师负责从店里的藏书中挑出食谱，在这小小的味觉实验室里，烹调午餐佳肴和下午茶点心，给慕名而来、事先订好位的爱书人尝尝。我就曾在那儿吃过托斯卡纳的蔬菜浓汤、摩洛哥风味的砂锅鸡和现烤的梨子派。

不过，厨师书店既然叫作书店，重点当然还是在卖书，而非供餐。由于店面实在不大，因此每一吋能藏书的空间，都钉了书架、摆着书柜，架上的书籍形形色色，有大众化的彩色食谱书，也有冷门的食物史书，只不过多半都是英文版，这里到底是讲英语的伦敦嘛。

更棒的是，书店上上下下，从老板、经理到售货助理，所有工作人员都是喜欢食物的爱书人，任何有关饮食书的疑难杂症，他们多半都答得出来，实在答不出来的话，也会努力地在书墙上翻找答案，为你寻觅最适合你的书籍。

好像是第二回到厨师书店吧，我在琳琅满目的书丛中找了老半天，就是找不着美国名食物作家M·F·K·费雪的著作，只好去问温婉的经理萝西，她想也不想，领着我走到右侧的书架，“我们所有费雪的书，统统在这里。”她指指我的脑袋上方，“不算多，六七本经典而已。”她顿了一下，又伸手碰碰费雪的左侧说，“不过，我们有很多伊丽莎白·戴维的书，她在英国的地位，就好像美国的费雪，你如果喜欢费雪，或许也会喜欢戴维，可以参考看看喔。”

那是我头一次听说戴维的名字，好奇之下，买了一本她写的*Italian Food*，果然是好书，我从此也成了她的忠实读者。

二〇〇二年，我在荷兰听到伦敦传来的消息，厨师书店换了主人，创店的女老板海蒂退休，到托斯卡纳养

BOOKS for COOKS
The SHOP for ALL COOKS
BOOKS for COOKS
EST 1983

老，把店转让给萝西和原本主管厨房和烹调教室的法国厨师艾瑞克。老实讲，乍闻此讯，我还真担心，生怕厨师书店会步上不少风格小店的后尘，在被年轻一代接手后，因为改采所谓企业化经营，而变得平庸、商业化，失去原有的特色和气质。

过了大半年，我又到伦敦，一个星期六的中午，怀着忐忑不安的心情前往厨师书店，店的外观并没什么改变，踏入店里，迎面也仍是一阵氤氲的菜香。书店内部稍做了变动，付账的柜台从左后方移到门右侧；原本象征性分隔厨房和书店的半开放式橱柜拆除，使得厨房和店面连成一气；店面两旁的墙壁和中央的矮柜上，则照旧摆满了书籍。

更令我欣慰的是，个人化的咨询服务也一点没打折扣。我提出一个有关法国乡土菜的疑问，大概是复杂了点，二十出头的店员没有把握，请来正在柜台后方忙的艾瑞克，他马上丢下手上的一沓单据，领着我到靠后侧一个书架，沉吟了一会儿，抽出几本书，用带法国口音的流利英语，对我说明它们各自的特色和优缺点。“有空的话，不妨坐下来，”艾瑞克指指店里新摆放的双人布面沙发，“把几本书都翻一翻，慢慢考虑，再做决定。”

我果真捧着一大摞书，坐进柔软的沙发里，读了起来，离去的时候，已是喝下午茶的时分，金阳依旧灿烂，波托贝罗路上仍挤满游人。我的手中多了一只沉甸甸的袋子，心也涨得鼓鼓的，有种踏实的安心。在这瞬息万变的时代，毕竟还是有美好的事物不曾改变，永远守在那儿，等候有心的人。

后记：厨师书店除了卖书，限量供餐，也有可以学做菜的烹饪工作坊，有兴趣的人可以上他们的网站瞧瞧：http://www.booksforcooks.com

一切尽在书中

又有一批新书运来，家中的书架快爆满，丈夫三令五申，叫我一定要好好整顿一番。我是识相的书虫，为了继续满足购书欲，就挽起袖子扫书柜，打算狠下心来，把长久没翻阅的书清理清理，一部分可以送给爱阅读的朋友，送不出手的，唉，只好资源回收了。

往书墙前一站，随手抽出一本。这本是在旧金山买的，当时一起逛书店的不婚不生族朋友，如今已是两个孩子的奶爸；那本购自新加坡的博德（Boarders）书店，彼时我是表面风光的跨国公司经理人，而今发迹于美国的“博德”已宣告破产，我也在那次公务行后不久告别职场，后来更嫁为人妇，移居欧洲……这本那本，不是有情感意义，就是有实用价值，整理了半天，依旧是归回原位，一本也舍不得割爱。

整理到食物类书籍，更简直涌起一股缠绵悱恻的情意，几乎每一本都有我的人生印记，记录着我成为所谓饮食作家和译者的生涯，其中还有几本更影响了我写作的方向，这些不但该留下来，更该好好用文字记上一笔吧。

很久以前，费雪在法国

《很久以前，在法国》（*Long Ago in France*）并不是M.F.K.费雪最有名的著作，却是我最早读到、也是至今最喜欢的一本。

M.F.K.费雪到底是谁？这位已于一九九二年辞世的女作家全名为玛丽·弗朗西斯·肯尼迪·费雪（Mary Frances Kennedy Fisher），肯尼迪是娘家姓，费雪是她第一任丈夫的姓氏。据说费雪生前喜欢人家叫她玛丽·弗朗西斯，听来亲切一点，可千万别称她费雪夫人。她曾是美国饮食文学的掌门人，套用当今流行用语来讲，就是“天后”，英国大诗人奥登（W.H. Auden）便曾赞扬她是当代美国最好的文体家。

出生于一九〇八年的费雪很早慧，少女时代就崭露写作才华，不过直到三十岁左右才因饮食写作成名，但也不算大名，毕竟她的作品不是单纯的食谱书，且重质不重量，半点也不哗众取宠。饮食在她的笔下，被化为艺术，化为文学，她的饮食观透露着她的人生观：人既然生下来就得吃，为什么不吃得好一点，优雅一点？

费雪并非从小就精擅饮食之道，而是在二十一岁那年，跟着新婚丈夫到法国的第戎（Dijon）进修，这才开始接触法国美食，体会到完全不同于故乡的一种生活形态和生命情调。晚年的费雪自己在《很久以前，在法国》书中就说，她在第戎开始成长、研究、学习爱的课题，学会吃与喝。

在这本回忆录中，我看到耄耋之年的饮食文学大家，如何以缅怀中不失清醒和自嘲的语气，一一追述那些年中所见所闻所食的那些食物，碰到的那些人，第戎启发了她，而这本《很久以前，在法国》则启发了我。原来，饮食不仅是人之大欲，食物写作也可以是文学。

前几年，我译了费雪的另两本经典作《如何煮狼》（How to Cook a Wolf）与《牡蛎之书》（Consider the Oyster），总算把我的偶像介绍给华文读者，倘若说我的伏案生涯有什么值得欣慰的事情，这便是了。

菜篮中的巴黎

光看英文书名*Paris in a Basket*也猜得出来，这不但是本有关巴黎的书，且主题八成和市场脱离不了关系。我是在搬来鹿特丹后不久买到这本书的，记得在书店一看到，当场就被书名和封面所吸引。巴黎，这无与伦比、无可取代的花都，本就是我最爱的城市之一。而巴黎众多的露天市场更是整个巴黎我最爱的地方，三番两次从荷兰搭着高速火车到巴黎度周末，不为别的，就为逛逛市场，上咖啡馆喝杯茴香酒，以及到小馆、餐厅品尝佳肴。

在巴黎的市场，你可以看见法国美食最原始的形貌。鱼摊上，各式各样识或不识的时鲜鱼货，在晨曦中泛着银光；火腿香肠摊上，高挂着一条条风干生火腿和熏肠或生香肠，小贩正抡着把大刀，切下一薄片油润的乡村火腿，给客人试吃；菜摊上，翠绿的栉瓜井然有序地排列在一堆红甜椒旁边，再过去，矮胖丰满的紫茄挤挤挨挨地躺在那儿，整个摊子五颜六色，美不胜收，叫人看了就饿。

那儿也是观察市民生活百态的好地方。往左看，卖水果的小贩正和挽着藤篮的中年太太，在那儿闲话家常，讨论今儿个什么货色最新鲜、最实惠；往右看，正值壮年的菜贩正忙里偷闲，啜饮着一杯隔邻小店刚送来的热咖啡；有位满头花白的老先生拎着布袋，踯躅在奶酪摊前，仿佛拿不定主意，今儿个该买哪种奶酪下酒。

因为这本书，我发下宏愿，有一天也要写本市场的书，歌颂市集之美、庶民生活之好。隔了几年，果然完成心愿，写下了《在欧洲，逛市集》。

叫任何人来治理拥有三百二十五种奶酪的国家，都算强人所难

这本《法国奶酪完全指南》我有三册，其实是同一

本，只是一册是英文的，另两册是中文版，繁体和简体各一。前者是英国DK出版社的原版，后两者则为台湾和大陆出版社的译本，译者呢，正是我。

我平日除了写作以外，也做翻译工作，一般不大喜欢译工具类的书籍，嫌枯燥，嫌没有文学趣味，这本*French Cheese*却是例外，当初台湾出版社问我愿不愿意译书时，我没多考虑，便一口答应。实在是自己受益良多，想和同样爱好法国奶酪或仅只是好奇的华文读者，分享这本书曾带给我的乐趣。

数不清有多少次，我怀中揣着这本书，走访巴黎和法国其他城市的奶酪店和市集上的奶酪摊，根据书中的文字数据和图片，一一辨认、试食、购买觉得好吃的奶酪，再按照书里的建议，搭配以适合的酒。有书本指导，我不致吃得糊里糊涂，不会光知道自个儿嘴里是奶酪，是哪种，有什么特性，却统统搞不清楚。法国的奶酪类太多了，戴高乐就说过："叫任何人来治理拥有三百二十五种奶酪的国家，都算强人所难。"他讲这话时，法国或许"只有"三百多种奶酪，如今据说有一千种！我不先看看书，做点功课，还真不行。

听过一种说法，想了解自称喜爱中华文化的洋人，是不是够融入中国生活，看他或她喜不喜欢吃，或只是敢不敢吃臭豆腐就知道。从这个观点来看，奶酪之于法国，大概就是臭豆腐之于中国。法国奶酪或可说是通往法国美食文化的通关钥匙，只要学会欣赏奶酪，进而喜爱奶酪，就算尚未深入堂奥，也已迈进大门。我呢，大概已进了门，正边优哉游哉在观览庭园，边往那幢美轮美奂的大宅行去。

我的康青龙

如果说饮食是一个地方的缩影，是观察文化的一个角度。如果说记忆的确有密码，那么馋人如我，会选择透过饮食来品味、观察社会，先将种种滋味吞下肚，再把看在眼底的饮食印象收进脑海中，毋宁是再自然也不过的事。而在多年之后，当我开启记忆的档案时，那通关的密码通常也正是食物。透过饮食，我见证也体会了台北近几十年来的演变。此刻，在异国的星空下，且让我借着吃喝之事回忆家乡的点点滴滴。

然而，台北何其之大，我的记忆又何其繁琐冗赘，请容我将注意力集中到这城市一块不大不小的区域——康青龙生活街区。这里说的康青龙，指的是永康、青田和龙泉三条街，整个街区北以东门市场为界，南抵台湾大学，东到大安森林公园，西至中正纪念堂，大致上由东门町和台师大一带所组成，由于区域内有好几所高等学府，近几十年来一直是台北城内人文荟萃的文教区，也是我半辈子生活的地方。

十四岁那年，我家从新北投半山上搬至临沂街，早读一年的我也升上中山女高。不需要补习的日子，我放学搭公交车回家，在信义路二段、连云街口下车后，常会穿过信义路，到对面的鼎泰丰买个菜肉包充饥。当时的鼎泰丰尚非名店，像如今这样非得排队、领号码才能吃上一顿饭的事，那会儿连想象都想象不到，记得我只有两三次和妈妈在店里吃小笼包时，看到当时的大明星陶大伟，小小惊喜一下，要不然，鼎泰丰在当时印象中其实仅是家口碑还不错的街坊小店。

离鼎泰丰几个店面，有家北平风味的熟食铺，叫逸华斋，妈妈偶尔到那儿切点儿熏鸡、酱肘子，给晚餐多添点菜色。隔了几年，逸华斋改名信远斋，迁至左侧斜对面东门市场附近，前些年又搬到现址，就在鼎泰丰对面右侧的巷子里。虽然几经迁徙，难得的是还保留了旧时味，直到现在，我回台北时，仍习惯到那儿买点小菜，顺便来罐名扬坤昌行的腐乳带回荷兰。兴致来了，干脆多走几步路，到金山南路的马叔饼铺买上几个芝麻烧饼，夹上单吃有点油的酱肘子正好。当时，这两家店加上至今犹在的正记，算是家里外买现成菜色的首选店家。

因为有位好吃的老爸，我们家常外食，逢上假日，一家大小就近上馆子，最常去如今在金山南路上、那时还在东门市场巷口的银翼。老爸是这家淮扬餐厅多年常客，据他说，从店址还在火车站附近时，他就时常光顾，直到老人家生前最后一年因行动不方便，这才少去。姊姊遂改而外带他最爱的煨面和杂式小笼，火速送回家，供老父解解馋。

此外，我们还喜欢去坐落于永康街上或巷子里的小馆子，最早有北方馆同庆楼、广东小馆刘家鸭庄，后来则是秀兰小馆、合家香、东升阳、东生阳等江浙口味的馆子，这些店家如今多已成历史云烟，现下仅存秀兰一家了。（敦化南路上远企附近前几年开了家同庆楼，可它与永康街上的老店有无传承关系，就不得而知了。）

有段时期，约莫就是蒋家政权时代，永康街上最热门的正是江浙口味的馆子，如今你沿着这条小街和平行的丽水街走一回，却只会看到秀兰和六品小馆等两、三家，倒是彼时不大热门的台菜餐馆，这会儿可是一派各显神通的热闹场面，有那营业已三四十年的老店，比方以卤肉饭闻名的“大来小馆”和门面低调到让人怀疑是否营业的巧味食堂，也有开业年代稍晚的新派台菜店，好比以标榜卖宜兰菜的吕桑食堂。

说来也有意思，吕桑的开业似乎预示“本土”时代的来临，就在吕桑开业的第二年，台湾首次政党轮替，紧接着，有更多且风格互异的台菜小馆相继在这一带开张。从“外省”的江浙菜到“本省”的台菜，这不但反映了大众饮食口味的变化，似乎也微妙印证了政经情势和民心情绪的异动。

上馆子吃饭，是举家出动的事，吃小吃，则是不需大人带，我们“小孩子”自己就可以做的日常小事，好比说，吃牛肉面吧。

丽水街巷内著名的永康街牛肉面馆，在我高一时还真在永康街上，是永康公园口一个摊子，一碗面牛肉大块、汤宽、面也多，我和姊姊或弟弟都是两人共食一碗，不然真吃不完。面摊生意极好，连烹饪名家傅培梅女士也是常客，可那卖面的外省老兵脾气很大，其人个头小小的，老穿着件汗衫，紧蹙着眉头在那儿煮面。

初时面摊没请帮手，就老爹一人又要煮面又要端面、算账什么的，显然忙不过来，你就算等不耐烦，也别开口催促，小心老爹勺子一放，冲着你骂："啰嗦，不想等就别吃。"客人如果想要辣一点或不辣，也请交代一次就好，我曾目睹有位生客不懂"规矩"，多提醒了老爹一次，结果呢，当场被"驱逐出境"。

老爹性格火爆，可生意却始终火红，后来转进丽水街店面，请了好几位伙计，成了老板，然而隔了一阵子，面店还在，生意也照旧兴隆，我们这些老街坊却在公园口又见老爹的面摊，身边有位年轻人帮忙端面，老爹依然没有笑容，眉头更是深锁，可是也较少发脾气，就只是默默地煮着一碗碗的面。后来才听邻近相熟的店

家说，老爹店开没多久，就因为好赌，一夕之间赌输了底，不得已把店面和煮牛肉面的方子都卖掉，以偿还庞大的赌债。这故事听来像是都市传奇，却也是人生的悲剧。

我们有时走得更远，过了公园后，转进从以前到现在都很安静的丽水街，步行至师大夜市。那时夜市规模很小，多半是露天摊位。我和弟弟常吃一摊生炒花枝面，其实比较像是勾芡的花枝羹浇在炒油面上。也吃过龙泉街的牛肉面，小小年纪的姊弟俩嫌没有永康公园的好吃，便宜有什么用？如今想想，姊弟俩小小年纪不事生产，未免也太“挑”、太不惜福了。

吃完了花枝面，我们还会换一摊去吃冰，两人共食一盘红豆牛奶刨冰后，才挺着饱胀的肚子，沿原路走回家，经过丽水、金华街口那幢高墙耸立、还有便衣宪兵守门的大宅时，姊弟俩总巴望着大门凑巧会打开，让我们偷看门里两眼，当时我们并不知道里头住的是因“二二八”事件而备受争议的彭孟缉。直到一两年后，我政治意识初醒，这才恍然大悟，以后夜里经过门前，就开始胡思乱想、疑神疑鬼，生怕那里有冤魂在徘徊。

而不论是东门町或师大一带，当时都没有什么异国食肆，只有现已歇业的中心餐厅卖沪式的罗宋西菜，我们一家都爱它香喷喷的吉士烙鱼、炖得烂烂的牛舌和红通通的熏鲳鱼。眼下情况则已大不相同，康青龙简直成了各式各样异乡学馆的集中地，有法意德希等欧陆菜、美式手工汉堡店，也有越南、泰国等东南亚小吃和韩国烧肉，当然少不了甚合台湾人胃口的日本拉面、寿司，连别处较罕见的印度菜等，在这个生活街区也有一席之地。这和康青龙有不少大学生脱离不了关系，年轻人总是比较好奇，比较敢于尝试新事物，因而也就更容易接受异国风味的食物。当然，这也反映了台北这十余年来餐饮界大环境的国际化趋势。

然而，我最乐于见到的，是这一带如今多了不少个体经营的咖啡店、茶馆，甚至有手工巧克力店，几乎每一家的店主都算那个领域的达人，各有各的风格，吸引不同气质的顾客。好比文人作家可能会去冶堂、茴香（旧名：Mei's Tea Bar）；玩设计的或许更爱学校咖啡馆或Flat White；喜欢一点日式洋风调调的，可以去小自由，吃它的法式手工糕饼，到和茗品尝抹茶甜点。

这些有意思的店往往不在通衢大道上，而在偏街小巷里，这想来与房租较廉而地方清静有关，有着一身好本领的店主只想老老实实钻研茶道或咖啡经，分享一点美好的生活气味，何必去大马路上忍受乌烟瘴气、凑热闹？偏居一隅，开家小小的店，说不定更能实现自己的想法。

因而，不论是从前还是现在，单就饮食而言，康青龙一带比较有意思的店家多半在巷弄里。行走在后街小巷中，寻找一家合乎性情也合口味的小馆子、小咖啡店，遂成了像我这样也不爱热闹的市民最大的快乐，那不折不扣的庶民乐趣，其实是种小确幸。

而我，如今只要回到台北，仍爱约朋友到康青龙。如果是在永康街一带用餐，可能去回留吃融合东西食萃的蔬食，到府岸吃海鲜，大隐或巧味吃台菜，餐后折至冶堂，和深具人文气息的主人何健聊天品茶，再选一家咖啡馆喝咖啡，尝甜点，或索性喝点小酒，把酒言欢。

假定是约在师大这一头，我会先去珠宝盒买一条法国棍子面包或掺了迷迭香的弗卡夏，当次日的早餐，然后随意选家小馆，吃那不见得多地道却平价的异国菜色，就在这负载着我无数回忆的地方，感受周遭年轻学子的蓬勃朝气，凭吊我逝去的青春，然我并不悲伤，只因昔日种种滋味依旧记在心里，留在唇边，始终刻骨铭心……

慕浮塔路的浮光掠影

早上十点半，我们坐在慕浮塔路（Rue Mouffetard）转角酒馆的露天座位上，这里是市集的顶端，从这儿一路下坡，食品店林立，还有家抢生意的小超市。晨市的人潮川流不息，打扮入时的中年妇人拖着菜篮车爬上坡，两根大葱在帆布盖顶探头探脑。拎着环保购物袋的老先生在对面的蔬果店里巡了一圈，好不容易挑中几只桃子和一颗甜瓜，随后又慢吞吞踱进隔邻的肉店。更多的行人拿着相机或摄影机，东张西望，走过我们跟前。

他们跟我们一样，也是游客，慕名来到巴黎左岸这条中世纪老街。

就算在几乎是处处有故事、有渊源的巴黎，也没有几条街能像慕浮塔路这样，短短不过数百公尺，却承载了文艺史上无数显赫的名字。

先别说别的，单是我们坐着的酒馆便因一部电影而变得“大有来头”：在基耶斯洛夫斯基一九九三年的杰作《蓝色情挑》中，朱丽叶·比诺什坐在店里，把热腾腾的咖啡倒进冰淇淋杯里，舀了一口吃。还记得，这样冰热冲突的食法当年在吾辈影痴间蔚为风潮，有一阵子我只要喝黑咖啡，就忍不住也想来客香草冰淇淋。

还有另一幅画面也让这条街走进艺术史，那就是法国摄影大师卡蒂埃·布列松一九五四年的名作，标题就叫“慕浮塔路”，照片上的小男孩不知走在路上哪个角落，只见他双手各抱着一瓶牛奶，露着满足的笑容。逾半个世纪后，这个穿着短裤的孩子应已垂垂老矣，甚或不在人世，他还住在老街上吗？

从酒馆往上走四五百米，穿过有着喷泉的小广场，街名换了，改叫笛卡尔路（Rue Descartes），右手边的三十九号从前是间旅馆，现在是餐厅，法国象征派大诗人魏尔伦一八九六年就在这里辞世。事隔二十六年，年轻的美国记者海明威以六十法郎的月租，在顶楼租了间房当写作室，房里有壁炉，天寒时海明威就在这儿烤栗子。

走回到小小的护墙广场，朝左后方拐个弯到乐芒尼枢机主教路（Rue du Cardinal Lemoine），七十四号的三楼（台湾的四楼）是海明威在巴黎的第一间寓所，海明威在他的巴黎回忆录《流动的盛宴》中提到，他和妻子在这间既无热水亦无厕所的简陋公寓里，度过“很穷、很快乐”的日子。海明威当然也熟悉咫尺以外的慕浮塔路，他形容那是条“狭窄拥挤却美妙的市集街”。

然而在比他晚一年来到巴黎的比利时作家西默农的笔下，同一条路却是另一番情景。在西默农的非侦探小说《小圣人》中，这儿举目污秽脏乱、肉欲横流，暴力的阴影长相左右，出身单亲菜贩之家的路易默默凝视，把一切留在记忆中，后来将之化为一幅幅画作。

不晓得是不是语言、文化使然，抑或只是心境与写作目的不同的关系，虽然同为异乡人，以法语为母语的西默农似乎比海明威更涉入巴黎的现实世界，看到的景象也较后者眼中的慕浮塔路贴近真实。直到上世纪中叶以前，此处一直是巴黎最底层百姓群居的所在，藏污纳垢，一片贫穷，布尔乔亚阶级顶多来这儿买买菜，却不见得肯搬来当邻居。

物转星移，从前挤满醉鬼的低级酒馆，如今坐着学生和游客，喝一杯啤酒的代价近人民币四十元；我看到房地产公司的招贴，小小一间二十平方米套房月租要人民币八千多元。慕浮塔路早就不是贫民的天下了。

我们徘徊在这条路上，拍了海明威故居的照片，到罗丹出生的房子前看了两眼，又在电影中的酒馆盘桓半晌，最后还到菜摊上买了蔬果，似乎想捉住历史的某个片段，可眼前种种仍只是浮光掠影，慕浮塔路仿佛只有在书中、电影里、照片上，才是那么真切。

Salades Composées
Galettes
Crêpes Froment
Desserts Glaces
Thés Parfumés

错不该上京都

最近回台湾探亲，不小心犯了“大错”，就是领着丈夫顺道赴京都一游。倒不是说在旅途中发生了什么天灾人祸，也不是说那里风光不美或料理不好吃。除了天气热了点，游客多了点，京都堪称理想的旅游地，然而错就错在这里。

我家那口子自从去年春节首度到台湾一游后，就爱上了宝岛，尽管那一回碰上寒流，天气特别湿冷，连他这个生长在北温带的洋人都大喊“冻未条”，但是台湾浓厚的人情味却令他天天暖在心里，可口又多样化的中国菜和小吃，也让他无法停箸，台北故宫博物院的文物珍玩更使他大为叹服，在馆里赖了大半天都舍不得走。

不过，即便在那时他也已向我抱怨，“台湾不是有福尔摩沙之称吗？怎么有那么多的房子盖得那么没有美感，要么单调粗糙如水泥盒子，要不五颜六色，色彩却统统不协调，又乱又不好看。”

对于他的批评，我概括承受，因为台湾人乱盖房子不是一天两天的事了，近些年虽稍有改善，可是以前建造了太多恐怖的建筑，难道要统统拆掉吗？何况丈夫也讲了几句好话，“不过，台湾人实在很可爱、很热情，东西好吃，社会又民主，所以台湾还是个我会鼓励朋友来看一看的好地方啦。”

丈夫此次二度访台，时逢初夏，没有冷得刺骨的寒风，偏偏碰上梅雨季，天气又闷又热，使得人动不动一身汗。上一回太冷，这一回又太热，怪只能怪我没选对季节来。

为了弥补气候不佳的遗憾，我努力地带他到处尝美食、看风景。美食，他越吃越满意，每送一筷子到嘴里都忍不住叫声好，就连他不大习惯的菜色，好比海参、猪血之类的，也会意思意思，尝个两口，说声“有趣”。

至于风景，他却是越看眉头皱得越深，九份的山村风光也好，内湾的流水吊桥也罢，都无法打动他的心，一路摆开叫卖特产小吃的摊商店面，更令这个老外却步不前。“台湾其实不缺好山好水，也有美丽又特别的风景，好比野柳的奇岩怪石就很独特。可是在这绿水青山间，为什么总有些流动摊贩、铁皮屋和俗艳的宗教建筑呢？”丈夫不解地问我。

我呢，讲不出什么好答案，“哎呀，那是以前没有好好规划，现在大家比较有观念了，以后会改善。你别太挑剔了，台湾毕竟还有‘故宫’，还有中国菜，更有热情的人民，正负加减之下，正多于负啦。”丈夫看我一下子变得如此“爱国”，也很识相，接下来的几天，都没有再批评太座大人的故乡。

然后，我们到了京都，我是第五度到这个古都，丈夫则是头一回造访。我们下榻的日式旅馆位于南禅寺附近，那儿是我最喜欢的京都景点，也是市区最绿意盎然

的地方之一。参天的古树把喧扰的市嚣和炙烈的阳光，统统挡在偌大的园林之外，在这一大片青翠蓊郁间，错落着木造的寺院建筑，一点儿也不像台湾的寺庙那么金碧辉煌，却沉稳大气，流露着内敛的美感，叫人看着看着，整个人好像也跟着平心静气了起来。

丈夫还没进南禅寺的三门，相机就咔嚓咔嚓按个不停，我呢，撇下忙着猎影的丈夫，任意在各寺院间穿梭游走，一面饱览着结合着自然和人文的美景，一面浮起一个很不争气的念头："糟了，那这下子台湾不就被比下去了吗？"随即又自我安慰，"不怕不怕，我们还有美食这利器呢。"丈夫一向对日本料理兴趣不大，嫌滋味太清淡，不合他的重口味。

那天晚上，我们在旅馆用怀石料理，由女将带着助手，将菜肴依次送至客房，从先附的几样小菜、前菜的山药泥和烤鱼、清汤、刺身……一直到最后送上来的白饭、渍物和味噌汤，丈夫都是食物一入口立刻闭眼做陶醉状。酒足饭饱，他满足地说："原来日本菜这么多滋多味，这么好吃，以前是我错怪了它。"

这下子惨了，连在美食方面，台湾都未必占上风了。

后来几天，我死也不肯去朋友推荐的京都国立博物馆参观，说到底，为了台湾人的面子，我不能一错再错啊。

下辈子还当姊妹，好不好？

“你好，我姓韩名良忆，我是韩良露的妹妹。”从小到大，不知有多少回，我以这样的开场白来向初次见面的人介绍自己，常常这么一讲就够了，只因“韩良露的妹妹”虽非我唯一的身份，却是我深以为荣且往往能让人立即留下印象的一个，我晓得对方就算不认得姊姊，但至少也听过她，这短短的六个字确实胜过千言万语。

我和良露之间相差了四岁半，这说不定是最恰当的年龄差距。姊妹俩一来不会因为年纪相仿而常为了争宠或抢玩具什么的起了摩擦，也不会嫌弃对方太幼稚或太老成，以致各走各的路，根本玩不到一块。再加上，我们幸而有开明的父母，他们从不打骂孩子，也不压抑孩子的性格，更不会为了激发孩子“上进”而鼓励孩子彼此竞争，因此我们家手足之间感情一直很亲密，虽不算“兄友弟恭”，但好歹“相亲相爱”。打我有记忆以来，就一直是成天跟在姊姊后头跑的“跟屁虫”，虽然良露曾有几年旅居伦敦，如今则换我客居荷兰，姊妹俩这些年来无法形影不离，然而检视我半辈子的人生历程，连我自己都感到讶然，她对我的影响实在深远。

还记得，良露很早便流露出领袖气息。小时候，街坊一带的孩子玩游戏时，连比她年长的，都会听她出主意，服从她领导，因为大伙从经验中学习到，按照她的建议来做，玩起来就特别有意思，特别开心。最厉害的是，姊姊并没有因为人人都听她的，而成了唯我独尊的“小魔头”。这会儿回想起来，我觉得那多半是由于，姊姊虽然具备“做老大、当领导”的人格特质，却从来没有权力欲望，也没有凡事只想“赢”的好胜心。她其实只是太“爱玩”了，又生性大方，为了让游戏或比赛变得更“好玩”，令人人都能玩得更快活，这才挺身当老大，谁叫同侪间就属她最精通玩乐之道，点子特别多，而且又特别善于执行呢？

我怀疑，她几年前在台北创办“南村落”，提倡美好生活、推动小区营造，骨子里仍是那股“爱玩”又爱分享的心理在作祟，里头俨然有“这样过日子，生活会更有趣，大家为什么不来试试看”的意思。当然，“南村落”之所以能在短短数年中有所成就，也是因为姊姊不单单有创意，勇于冒险，还有领导才能与执行能力，这些都是身为妹妹的我难望项背的。

对于这样的姊姊，我当然既佩服又崇拜，这不仅是我排行小而她排行大的缘故，也不只是良露性情慷慨又心地善良，妹妹只要跟着她，吃吃喝喝看电影，统统是大姊掏腰包的关系。

良露最让我服气的是，口才流利而思路敏捷，有想象力和理想，却又能兼顾实际。她有的并不是那种能够把死的讲成活的三寸不烂之舌，良露才没那么油嘴滑舌，可她似乎从小深谙“动之以情、晓之以理”之道，简单讲，就是既会讲道理，又能说故事。因之，良露在我家很早便享有发言权，好比说，我满五岁那年夏天，邻居小朋友统统要上小学了，独留我一人得重读幼儿园大班，即将升上小学五年级的良露，极力向爸妈主张让我早读一年，她更坚持我不能上她读过一学期的私立贵族学校，那学校管教学生太严格，而该上她后来转学就读的公立小学，“不然她这种从小没挨过打，在家凶巴巴，到外头却胆小害羞的小孩，肯定会被同学欺负，被老师体罚，何况，我天天可以带她一起上学呀。”你瞧，讲得如此头头是道又合情合理，爸妈听了自然点头称是，我就这样成了全校年纪最小的小学生，而这“全年级最小的”封号，也跟着我一直到上大学方告终，对我社会人格的形成，多少有点影响吧。

后来，姊姊并没有真的天天领着我上学，因为她两年后就进了初中，不再跟我同校，但她仍不时发挥她在爸妈面前的影响力，让我想学小提琴就学小提琴，想参加合唱团就参加，想进厨房乱做菜就进，从而培养我多方面的兴趣，让我从以前到现在生活都不至于枯燥乏味。

我后来会成为文艺少女，姊姊亦是“始作俑者”。她跟爸妈说，只要我课业保持中上水平，我想看什么闲书随我看去，书中自有颜如玉，何况这样“还可以训练作文能力”，爸妈自然又深表同意。她还常常丢一些她自己正在读的书给我，让我早在九岁、十岁时，除了琼瑶、玄小佛等通俗文学的作者，也接触到张爱玲、白先勇、余光中等华文现代文学名家的作品，等我上了中学，自动看起姊姊书架上那些当时被台湾当局列为“禁书”的鲁迅、老舍和钱锺书的著作，还有七十年代文青必看的里尔克、卡夫卡、沙林杰等西洋翻译文学，林林总总，虽说看得我似懂非懂、囫囵吞枣，却也的确开拓了我的视野，加深了我的见解，更从而养成我一生爱阅读的习惯，从此不怕心灵空虚与寂寞。

另外，还有电影。我才十三岁，她就带我看费里尼、伯格曼、德·西卡……有多少人能够如此幸运，在如此稚嫩的年龄，就接触到这些伟大的艺术心灵呢？姊姊两三年前写过一篇文章，主题是她的妹妹，也就是我。文中提到，她有时会怀疑自己是否带着我太早走进艺文世界，致使后来拿到名校文凭的我，大学毕业后并未按

照世俗标准走上较务实而安稳的道路，人生似乎多了一点坎坷。

她或许并不知道，我其实有多么感谢她带我走上文艺的道路，要不是对文学与艺术的强烈爱好一方面支撑着我的感性，另一方面又厚实了我的理性，否则以我月亮在白羊座的冲动本性，加上太阳落在双鱼的不切实际倾向，搞不好还真的会因为莽撞、任性又放纵，而走上“邪门歪道”。

这十年以来，由于我和姊姊都写作美食和旅游文学，形象上有所重叠交集，以致常有人问起，我们姊妹俩有什么异同之处。我有时会说，这答案简单，长相身材不一样啰，只要瞧上一眼不就看得出来？这当然是玩笑话。老实讲，姊妹虽是同胞手足，因为性格不同，行事作风与文风自然就有所区别。好比说，姊姊文笔洒脱知性，擅长说理却又平易近人，文中更常有灵光乍现的神来一笔。我呢，似乎比较柔美浪漫，不是那么掷地有声，但写情叙怀时偶尔也还动人，按照姊姊有一回在我的新书发表会上的说法，我的文字风格比较像“日剧”。

文风尽管不同，文中的价值观差异却少。我们都崇尚慢食、慢活、慢游，支持有机小农，拥护公平贸易，在意社会公益，认为人类面对不同的文化和大自然时，都理当且必须谦卑，因为人人平等，而我们只有一个地球。

我很幸运，有这么一个一直爱我、关心我、眷顾我的大姊，而在享受当妹妹的特权的同时，我也想请姊姊别太担心了，毕竟这个妹妹也已步入哀乐中年，该为自己的人生负责了。这样吧，且让我对姊姊说：良露，下辈子我们还做姊妹，不过换我当姊姊你当妹妹，改由我来提携、照料你，你看好不好？

给姊姊的信

良露，收信平安！

接到来信时，正准备出门买菜，今天去的是鹿特丹市中心的有机超市。这家超市是个体经营，并非财团经营的连锁企业，它不卖鲜鱼生肉，除了干粮杂货，就只供应中小型农场生产的蔬果，价格虽不是最低，却也不很贵，尤其每周都有的两三样促销果菜，甚至比一般超市的惯行农法产品还便宜。它们可不是因为快枯萎凋缩了才贱卖，而全是当令的农作，由于盛产，数量一多，价钱就低了。好比这一周，我和约柏都爱吃的栉瓜就特别划算，我一口气买了一公斤。

买完菜回家的路上，想起四月待在台湾的最后一天，一大早在爸爸家附近的菜场，也居然看见有位老太太在卖栉瓜，那可是我头一回在台北的传统市场看到这种洋蔬菜，一问之下，不是进口货，而是本土宜兰的产品。我当场买了一大袋，打算当天中午加点蒜末炒上两条，我想我们那生性好奇的双子座爸爸看到这陌生的蔬菜，一定会下箸尝鲜，说不定还会喜欢。果然，他一个人就吃掉大半盘。爸爸吃得香，其实不是因为我的厨艺有多高明，烧出来的栉瓜有多好吃，而只是这几年每逢春秋二季回台北陪爸爸住上几星期，差不多天天做饭或教阿莉烧菜给他吃，久而久之，也就越来越抓得住爸爸的胃口。

老实讲，爸爸的口味不难拿捏，你每星期都至少陪他吃饭一次，这一点应也早已明了。简单讲，他爱吃的东西，质地须软烂，千万不可有嚼劲，味道亦宜浓重而不可清淡，记得我小时家里餐桌鲜少出现茄子，这两年爸爸却似乎爱吃酱烧茄子了，我问他怎么胃口变了，他轻轻叹口气说："牙齿越来越糟，只要是软的东西，我都吃了。"所以，那天的栉瓜片我又炒又焖，非要它质地软烂得几乎入口即化才行，起锅前还不忘呛点酒，淋点蚝油，让栉瓜味道重一点，投其所好。

这两年，我还学会一件事，可别买什么养生粗食孝敬爸爸，那些他是不吃的。记得我有一回买了两种素食全麦包子，心想这包子内馅全是天然蔬食，面皮又富含纤维质，给爸爸当早餐吃，可比他平日一早起来的那一大杯特甜的牛奶咖啡加麦片健康多了。

第二天早上，我兴冲冲地请阿莉蒸了甜、咸各一只给他，他各尝了一口，说没味道就搁在一边，我不信，尝了一点，觉得不会呀，红豆南瓜馅不很甜腻，香菇豆腐味噌馅也不会死咸，带点甘甜，挺好吃的。

"有味道呀，怎么会没味道？"我劝爸爸多吃两口，"这是养生食品，对身体好，你老吃那些甜不拉叽的东西，不行的。年纪大的人吃东西要注意！"

"你年轻，吃着有味道，我老了，味觉退化了，吃来真的没味道。"他又将盘子推开。

我一时无语，只觉得有点难过又有点内疚。我们的爸爸一辈子嘴馋，盛年时讲究吃，为吃一掷千金在所不惜，这会儿年纪大了，身体机能大不如从前，就连“吃”这人生最大的乐趣也被剥夺了大半，他也只能臣服于岁月之下，向生命妥协，吃起那些从前嫌弃的东西，而我竟还振振有词“教训”老父，我真是太粗心又太自以为是了。孝顺二字，我做得远不如你，我连“孝”都做得有形无体，更别说“顺”了。所谓孝道，显然仍是我迈入中年后亟需学习的人生课程。

欧洲的夏日天气温和，前一阵子早晚出门仍需披上薄外套。这两天总算转为炎热，有点夏天的样子，今天云多，湿度稍高，我买完菜回家，下了公交车走不过五六分钟路，竟微微出汗。这令我想起台北的春天，在六张犁买到栉瓜的那天，似也正是这样的天气。

立秋了，再过一阵子秋天就要来临，我也又要回台湾了，很期待。

良忆

二姊

我的二姊良雯，我们都叫她阿雯。

她喜欢港式茶楼的广州炒面、台北远企地下楼的生菜色拉、麦当劳的冰咖啡和薯条；喜欢听邓丽君唱的《虹彩妹妹》；喜欢跟人聊天，问人家的爸爸或妈妈在哪里；喜欢玩大门的锁链；最喜欢去心路小区家园上学。

她因为出生时脑部缺氧，有极重度智能障碍，台湾人称之为“憨儿”，用美式英语的讲法，则是“心智受挑战者”（mentally challenged）。

我每个周末都从荷兰打电话回家，向爸爸问好，并和从头到尾拿着另一支分机倾听对话的阿雯，谈上两句。姊妹间的对话常常是这样的：

“阿雯，你有没有乖？”

“有。”

“有没有吵把拔（爸爸）？”

“没有。”（这时我爸会在分机上插嘴说：“阿雯现在好乖，都不吵。”）

“有没有去麦当劳？”

“还没有。”

“哦，那去的时候，不要吃太多薯条喔，太胖了会得高血压。”然后，我常常就想不出来要讲什么，只好说，“阿雯，还有没有事要对良忆妹妹说？”

电话那头迟疑了一秒钟，我可以想象一头削薄短发的阿雯，嘴巴正微微一开一合，似在考虑下头要聊些什么。紧接着，一般有两种版本。

第一版本：

“良忆美没（妹妹），约柏呢？”约柏是我的丈夫，荷兰人，基本上不会讲中文。

“约柏在忙。”

“忙什么？”

“忙打计算机（或整理照片、看报纸，等等）。”

“约柏马麻（妈妈）呢？”

“在她家。”

“阿雯跟约柏讲话。”

“好，等一下。”我这方于是换人。

阿雯在那一头说：“哈喽，约柏，鼓摸你。”

约柏回答：“Good morning, A-Wen.”

阿雯咯咯笑了，“How are you？”

“Fine. And you？”

接着下来，只听见阿雯大声讲：“三Q，拜拜。”然后又是一阵吃吃笑。

第二版本：

“良忆妹妹，荷兰几度？”

“XX度。”我会随便讲个数字。

“冷不冷？”

“不大冷。”

“有没有下雨？”

“没有。”

“好，”阿雯说，“拜拜。”

朋友听说阿雯的情况，总爱问我她的心智年龄有多少，我的标准答案是多年前医生讲的，“三四岁吧。”可是，三四岁的孩子会跟她一样，数数儿只能数到八或九，老是分不清楚三角形、四方形，然而接到我高中老同学的电话，不必问人家，光听声音，就能清楚地喊出对方的名字吗？

三四岁的孩子又会不会在我们的母亲过世后，偶尔自问自答，说：“阿雯马麻呢？”然后根据阿姨给她的答案，答称：“上天堂去耶稣那里了。”继而嚎啕大哭，嚷道：“马麻死了。”非得等旁边的人再三保证，妈妈被上帝接走了，才会揉揉红红的眼睛，破涕为笑。

我也始终不明白，阿雯为什么在没有见到金发蓝眼的约柏以前，就晓得要跟他讲“How are you？”而不是“你好吗？”三四岁的孩子是这样的吗？

去年春节和中秋节，我两度回台北探望老父和家人。阿雯周末从她住读的“心路”回家，看到我，总是一下子迸出了笑颜，伸手摸摸我的脸，好像想确认她的妹妹果真又回到眼前。摸完，叫了声“良忆美没（妹妹）”，她盘腿坐在沙发上，上半身开始左右慢慢摇晃，嘴里偶尔发出轻微的“喀喀”声。阿雯只要觉得高兴，就会这样摇啊晃的，很自得其乐。

我常常在想，藏在这样一副逐渐迈入中年，终将垂垂老矣的躯体当中，究竟是什么样的一个灵魂？是个比孩童还纯真清澈的灵魂？还是个历经多次轮回，已阅尽沧桑哀乐，索性转目不观人世的老灵魂？

每个生命，都是个谜，而阿雯的生命，尤其是个谜。

年味

冬日清冷的晨光透过窗纱照在脸上，我赖在温暖的被窝里，仿佛还半梦半醒，就是不想起床。那时我大概六七岁，也可能已经八岁，这会儿真的弄不清楚，毕竟是太多年以前的事了。

朦胧间，有人打开了房门，隐约有一股甜美馥郁的香气飘来。啊，过年了，我默默告诉自己，睁开眼，妈妈立在床前，含笑说："快起来洗脸刷牙，马上有人来拜年，你得跟客人说恭喜。等换好衣服，先到饭厅吃莲子汤。”

我跳下床，冲进浴室，很快地抹把脸，应卯地刷了牙，换上昨晚放完鞭炮后妈妈替我挂在床头的新衣裳，奔至饭厅，一边喊着“大家恭喜”，一边一屁股坐到餐桌旁，桌上已经有碗桂圆银耳红枣莲子汤在等着我。

莲子汤是我家过年必食的第一道点心，祖籍江苏的父亲说，这可是家族传统，老家大年初一一大早不吃咸的东西，就喝甜甜的莲子汤，这样全家老少一整年都会甜蜜和乐、如意圆满。喝完了汤，再来得吃糖年糕，小孩吃了年糕才会“年年高”。

我不怎么爱吃年糕，尤其是清蒸的或蘸了面糊炸的，总觉得食来太甜太腻又太黏牙。我只吃用油清煎的年糕，最好煎得有点焦，带焦香的煎年糕食来不那么“死甜”，我乐意吃上一两片，我可想快点长高。

至于莲子汤，虽也甜，我却不觉得腻口，一口气可以喝上两饭碗。你瞧，它在味道上既有桂圆干的浓香，也有红枣的清甜，口感上则有松化的莲子对衬又软又滑的银耳，能不好吃吗？

我家平日三餐有帮忙家务的陶妈妈代劳，过年喝的莲子汤却不借他人之手，从选料到烹饪都由爸妈亲力为之。有一年春节前，我凑热闹，跟着双亲进城办年货。记得光是一个莲子汤，不过桂圆干、银耳、莲子、红枣四样材料，就得跑两三个地方。先到西门町一家江苏老乡开的食品店，爸爸端详着从香港转运进口的湘莲，顺手捞起几枚轻轻一搓，对我说："你看，这莲子摸起来干，肉厚，颗粒大又饱满，颜色不太白也不太深，而是浅黄，表示不是陈货，货色满好的。"于是请掌柜的称了一斤半，顺便再买些玫瑰酥糖、云片糕和芝麻切片什么的，过年嘛，总得吃点零食。

接下来，从城西飞奔往城北的老街，买手工熏制的桂圆干，爸妈要买的是已剥壳去籽的台湾本土产品。这种桂圆干一盒盒已包装好，无散货，为避免买到次级品，得找信誉好的老店，比较可靠。那老板是老台北人，讲闽南语，所以这一回换妈妈上场，由她负责开口，和店家交涉。

上等桂圆干也进了袋中。一家三口安步当车，走路到离老街不很远的中药铺。这家药铺的银耳蒂少又大朵，颜色微黄。"银耳并不是越白越好。"爸爸又教了我一课。

红枣也在这里买，台湾红枣不多，药铺卖的亦是“舶来品”，颗粒不算大，但爸爸说，红枣本就该选粒小皮薄、看来光亮者，外皮色彩也不宜太鲜艳，红中带点紫的最好。还有，买前先闻一闻，如果有股酸味，掉头就走。

办货费了好一番奔波，实际烹煮时也绝不马虎。四样材料除桂圆干外，另三样干货在上炉炖煮前，得分开来用清水泡软。银耳得泡两小时左右，才能充分发开，待滤去水分，尚需摘除蒂头，如此炖好的银耳才能入口即化。莲子浸泡时间较短，用温水泡三十分钟到一小时便可，捞出以后须一颗颗剔除莲心。我喜欢帮忙剔莲心，拿着牙签对准了莲子的底部，往上一挤一戳，莲心便会从顶端脱出，让人挺有成就感。听说莲心极苦，我曾偷偷拣了两三芯来尝尝，果真苦得我有口难言。

红枣就麻烦了，不但得泡水，还得上锅蒸上半个钟头，蒸过的红枣较易去核去皮。我一边帮忙剥枣，一边听爸爸说：“红枣须清蒸不宜水煮，蒸才能充分保留红枣的甜味。一般用红枣做菜，能替你去核就很了不起了，哪像我们家传的做法，还会剥掉粗粗的皮。这样吃来不会一口渣，软而糯，口感才好。”

这三样材料分别处理好，才可合在一起入锅加水煮开，随即转小火。这时可别急着加冰糖，太早放糖，莲子怎么煮也煮不烂。一锅好汤须在炉上细火慢炖半个多小时后，才落冰糖和桂圆干，再煮上十分钟，待糖融化了，桂圆的味道也释放至汤中，就可以熄火了。热腾腾的莲子汤上桌，揭开农历新年的序幕。对我来讲，这一锅香甜可口的气味与滋味，就是“年味”。

我嫁来荷兰后，家里的另一口子是不懂农历的洋人，加上海外张罗年菜材料并不容易，从前春节必吃的“十香菜”（即炒素什锦）、“全家福”（烩蹄筋、海参、蛋饺等多种荤素料）和红烧黄鱼，如今都只能在梦中回味。这几年，我不再为过年而大费周章，年夜饭顶多不煮洋餐，改烧中国菜。有兴致的话，再按照家传食谱，动手包上好几条丈夫也很爱吃的三鲜春卷（馅料有韭黄、虾仁和肉丝），下油锅炸得黄澄澄、脆酥酥的，象征金条，讨个吉利。

只有桂圆银耳红枣莲子汤依旧年年都要炖，样样步骤都不马虎，完全按照从小看来的做法。我都是除夕临睡前，便将汤炖好，大年初一起床后再重新加热。娘家的甜汤却是前一天备好了料，大年初一清早才炖上，据说现炖好的，滋味较纯正，一再加热怕有“耗”味，炖好的莲子汤倘若吃不完，宁可放冰箱，冷食亦爽口。记忆所及，娘家的莲子汤是比我自己炖的更好吃一点，不知这是因为回忆往往欺人，美化了真实，还是由于我现在总是一个人喝着汤，无法与人分享那甜美又幸福的滋味。

尽管如此，大年初一，当我在异国冬日清晨仍黯黑的天空下醒来时，仍会满怀期待地将一锅莲子汤放进电饭锅加热。待我冲好澡、梳洗完毕，电饭锅开关便已跳起，我掀开锅盖，那股熟悉的甜香随着氤氲的蒸汽扑鼻而来，逝水般的年节往事霎时也栩栩如生地回到眼前，我轻声告诉自己，过年了。

文
景

Horizon

社科新知　文艺新潮

只要不忘就好

韩良忆 著

[荷兰] 侯约柏（Job Honig）韩良忆 摄影

出 品 人：王　蕾
总 编 辑：姚映然

策划编辑：文　青
责任编辑：文　青

装帧设计：张　娜

出　　品：北京世纪文景文化传播有限责任公司
（北京朝阳区东土城路8号林达大厦A座4A 100013）
出版发行：上海世纪出版股份有限公司
印　　刷：北京汇瑞嘉合文化发展有限公司
制　　版：北京大观世纪文化传媒有限公司

开 本：890×1240mm 1/32
印 张：7　　字 数：92,000
2016年2月第1版　　2016年2月第1次印刷
定 价：35.00元
ISBN：978-7-208-13403-4 / I·1455

图书在版编目（CIP）数据

只要不忘就好 / 韩良忆著；（荷）侯约柏（Honig,J.），韩良忆摄影. 一 上海：上海人民出版社，2015

ISBN 978-7-208-13403-4

Ⅰ. ①只… Ⅱ. ①韩… ②侯… Ⅲ. ①散文集 一 中国 一 当代 Ⅳ. ①I267

中国版本图书馆 CIP 数据核字(2015)第 264375 号

本书如有印装错误，请致电本社更换 010-52187586